嵐のように

キャロル・モーティマー 作

中原もえ 訳

ハーレクイン・ロマンス

東京・ロンドン・トロント・パリ・ニューヨーク・アムステルダム
ハンブルク・ストックホルム・ミラノ・シドニー・マドリッド・ワルシャワ
ブダペスト・リオデジャネイロ・ルクセンブルク・フリブール・ムンバイ

TEMPESTUOUS AFFAIR

by Carole Mortimer

Published by Harlequin Japan, a Division of K.K. HarperCollins Japan, 2024

キャロル・モーティマー

　ハーレクイン・シリーズでもっとも愛され、人気のある作家の一人。14歳の頃からロマンス小説に傾倒し、アン・メイザーに感銘を受けて作家になることを決意。コンピューター関連の仕事の合間に小説を書くようになり、1978年に見事デビューを果たす。以来、数多くの作品を生み続け、2015年にはアメリカロマンス作家協会から、その功績を称える功労賞を授与された。エリザベス女王からも目覚ましい活躍を認められている。

主要登場人物

リンジー・ポープ……………秘書。
ジュディ……………………リンジーの姉。
ジョエル・サザーランド……リンジーの上司。カメラマン。
デヴィッド・サザーランド…ジョエルの亡弟。
マリリン・ミルズ……………ジョエルの元恋人でデヴィッドの妻。
マルコム・リーダー…………ジョエルの顧客。化粧品会社社長。
カリー・ロビン………………ジョエルの元恋人。トップモデル。国会議員の妻。

1

「リンジー？　リンジー、開けてくれ！」

　フラットの厚いドア越しに腹立たしげな声がびんびん響いてくる。リンジーは息をつめて聞き耳をたてた。いつ、何時に、まではわからなかったが、出張から戻りしだい、やって来るだろうと思っていた。もちろん、メイベリーが話したのだ。覚悟していたことだが、予想以上にジョエルは腹を立てている。

「リンジー」うまく丸めこもうというのか、声が低くなった。「入れてくれよ、話をしなけりゃ」

　話？　話し合ってどうにかなるものではないだろうに。なんとかなるくらいなら、今、ここにこうしてはいない。

「リンジー、頼むよ！」

　頼むよ――人に頭を下げたことのないジョエル・サザーランドが頼むと言っている。しかも、ただ、話をしようというだけなのだ。頼まれなくても喜んでそれ以上のことをしようという女性が山ほどいるのに、ジョエルもよほど、せっぱつまっているのだろう。

　リンジーは引き寄せられるようにドアに向かった。肩の辺りにそろえた金髪、長いまつげに縁どられたアーモンド形のグリーンの目、つんとそったかわいい鼻、そして深いローズ色に光る形の良い唇、顔立ちといい、スタイルといい、モデルになっても少しもおかしくないが、盛りの短い不安定な仕事を職業に選ぶ気にはなれない。考え方も堅実だし、目じりの笑いじわからもわかるように、リンジーは生活を楽しむいきいきした心を持っていた。

　そして、今までは生活のほうもばら色、いつも笑いかけてくれていたが、今は残念ながらそうとはいえない。これからの三十分ほどを思うと……。一年間秘書をして、ジョエルの性質はのみこんでいた。自分の思いどおりにいく時は、こんなすてきな人はいないと思うのだが、何か気に入らないと、その辺のものが辺りをとびかうということになって……今も、どうやら、そうなりそうな予感がする。

かぎを開けると同時に、勢いよくドアが押し開かれ、何も言わないうちにずかずか入ってきてしまった。目を細めて辺りをじろじろ見回すあの様子、まるで一人のはずはないといわんばかりだ。ゆっくりドアを閉めていると、ジョエルはくるりとこちらを向いた。「どこにいるんだ?」

なんの話をしているのだろう? わけがわからずリンジーはまゆを寄せた。「だれのこと?」

「ロジャー・ヒリーだよ。それとも早すぎたのかな?」ジョエルは険悪な表情で腕時計に目を落とした。「そうだ、きっと早すぎたんだ。あいつがもぞもぞベッドを出るのはいつも夕方だものな」

初めて会った時、一目で心を奪われたが、それは今も同じ、こうして目の前にいるというだけで胸がどきどきしてくる。リンジーはむさぼるようにジョエルを見つめていた。十二年上の三十四歳、器用そうな指でかきむしるくせのために、いつももしゃもしゃになっている濃い黒髪、いく分長めの鼻、官能的な唇、がっしりした意志の強そうなあご、ハンサムとはいえないが、あり余る力をひめた個性的な顔だ。中でもいちばんすばらしいのは、うれしい時や気分が高揚している時は黄金色に、怒っている時は褐色に、とその時の気分しだいでさまざまな色に変わる目だった。今の色は……もちろん、言うまでもない。カメラマンというとジーンズにシャツと決まりきっているが、ジョエルは六十年代のはみ出し者じみたかっこうをしていては信用にかかわるといって、いつもスリーピースをぴたりと着こなしている。そのせいかどうか、顧客は一流どころばかり、ジョエル・サザーランドの名はイギリスだけでなく世界中に知られていた。

そして、今もクリーム色のシャツに茶色のスリーピース、仕立てがいいので、広い肩や筋肉質の長い脚がひときわ目立つ。ダイナミックな力にあふれ、成功した男を絵にかいたようだが……、リンジーの知っているのはこのうわべだけ。六カ月も一緒に暮らしてきたのに、これ以上のことは何もわからない。理解しようにもとっかかりがないのだ。

「ヒリーはいつ来るんだい？」ジョエルはあざけるように唇をゆがめた。

「なぜ、そんなことをきくの？」

「もちろん、首をへし折ってやるためにさ、決まっているだろう！」

こういう時は冷静に構えていること。うっかり口答えなどしたら大変、相手は爆発するチャンスを待っているのだ、すぐにとびついてくるに決まっている。リンジーは黙って椅子に腰を下ろした。

淡いグリーンの絹のドレスが快い衣ずれの音をさせて長い脚にしなやかにまつわりつく。ブラウスをそのまま長くしたようなシンプルなデザインだが、ボウのついたえり元がとてもしゃれていて、気に入っている一着だ。ジョエルがくどいデザインを嫌うので、どうしてもあっさりしたものばかり集まってしまう。そう、ここ半年ほど、ドレスを買う時はいつも彼の好みを優先してきた。

「なぜ、ロジャーがここに来ると思うの？」リンジーは真っすぐ目を見つめて、クールに言った。

「ここ何カ月も、ぜひ自分のところに来いって君を追い回していたじゃないか」熊のように行きつ戻りつしていたジョエルは足を止めてにらみつけた。

「だから一緒に暮らそうって言ったの、あなた？」

「秘書をつなぎ止めておくためにそんなことまではしないよ!」

「私だって、仕事ならいくらでも探せるわ!」グリーンの目が勝ち気そうにきらめいた。

険しい表情で見下ろしている褐色の目に戸惑いの色が浮かんだ。「というと……辞めたわけじゃないのかい?」

「ええ、まだあなたの秘書よ。辞めろって言われるまでは、だけど……」

「それなのに、このフラットに戻ってきたのか? なんてことだ、ここはもう、とっくに引き払ったものと思っていたのに」

リンジーは無理して肩をすくめて見せた。「あなた、引き払えって言わなかったもの」

「当然のことと思っていたんだ。もっとも君が相手じゃ、当然のことではないんだな! 今日だって、もちろん待っていてくれると……。それなのにどうだ、見こみ違いもいいとこだったよ!」

「うっかり忘れているのかもしれないけど、六カ月っていう期限は終わったのよ、あなたが出かけている間に」ものすごい目でにらみつけられても、びくともしない――それはうわべだけ。いつまでこうしていられるかは時間の問題だ。ジョエルほどかんしゃくを起こさせる名人はいない、このことは六カ月間の経験でよくわかっていた。

「別に〝うっかり忘れ〟てはいないさ。ただ、君が出ていくとはこれっぽちも思っていなかったものでね」

「でも、最初の約束はそうだったでしょう?」

抑えた怒りで目がぎらぎら燃えている。「約束は、六カ月たったら、その時点でもう一度検討してみるってことだったぞ」声を抑えているのでかえってすごみがある。

「あなたがいなかったから、自分で決めたのよ」

「で、僕のところを出た！」

「ええ」

「なぜなんだ？　僕にはわからないな」

リンジーはまた肩をすくめた。「こうするのがいちばんいいと思ったから」

「だれにとって？」

「私にとってよ」

ジョエルの顔からすうっと血の気が引いていく。ショックだったのだろうか？　でもそんなはずはない。ジョエルには痛手を受けようにも、人を愛する心を持っていないのだから。

「そうか。で、僕のほうはどうなるんだい？　僕は出ていってほしくないんだが」

「ええ、そうだろうと思っていたわ」

「だったら、なぜこんなことをするんだ？」必死に自分を抑えているのだろう、両手がこぶしに握りしめられている。「君と暮らしたこの六カ月は今までいちばんすばらしい時だった。君もそうだろうと思っていたよ――いや、そうだ、そうに決まっている」

リンジーは神経質そうに舌先で唇を湿した。痛いところを突かれてしまった。そう、昼も夜も、片時も離れずジョエルと暮らした六カ月は、今までの生活の中で最高の六カ月だった。けれど、同時に、あれほどやりきれない悲しみを味わったこともなかった。なにしろ、愛情と聞くと頭からせせら笑うような人を愛してしまったのだから。愛という感情を認めようとしない人が相手では、幸せになれるはずがないではないか？

といって、六カ月前にもこのことはよくわかっていた。ただ、あのころは、ほかの女性にはできないだろうが、私なら彼のシニシズムを変えることができるという自負があった。そう信じていたからこそ、一緒に暮らすのも承知したのだ。昼間はオフィス、夜はベッド、二人はいつも一緒で、表面は波風のたたない幸せな日々が流れていった。ジョエルは情熱的な恋人だったし、リンジーも初めのうちは、こうした日々に満足していた。ただ、ある日、突然気づいてしまった。二人の間はいつまでたってもこのまま、住みこみの愛人以上には決してなれないのだということに。

ジョエルが分かち与えてくれたのは仕事面だけだった。リンジーに出合うまでの生活も家族のことも閉じられた本のようで一ページたりとかいま見せてさえくれない。もっとも世界的に名のとおった写真家のことだ、マスコミが黙ってはいず、過去五、六年間のゴシップについてはその気になれば、知ることができたろう。そして、家族についてリンジーが知っているのは両親はイギリス南部に健在だが、この六カ月、一度も訪ねていないということだけ。しかも、これさえジョエルの口からではなく、彼の友人をとおして知ったという始末だ。彼は秘密主義なのだ。だが、それもここまでくると……。

もちろん今でも愛している、初めて愛に目覚めた日と同じように。この気持は決して変わらないだろう。だが、一方通行ではどうしようもない。そして、ジョエルには与えようにも、愛を受け入れる気持はまるっきりないのだ。やるだけやってみたけれど、失敗。初めから反対だった母はさぞほっとすることだろう。姉のジュディだけはリンジーの気持を理解し、いろいろ力づけてくれた。昔から何か困ったことがあるたびにジュディに相談したり、ぐちを聞いてもらったりしたものだが、ジョエルと知り合ってからも、ずいぶん慰めてもらった。最初はばら色に輝いていた日々が、だんだんと色褪せ、そして、ジョエルにはリンジーを愛することができないとはっきりわかった時、不安は絶望に変わった。

「ええ、そのとおりよ、私……」リンジーはつぶやいた。

「だったら、どういうことなのか説明してもらおう。僕との生活が気に入っていたか、いなかったか、どっちなんだ？」

「ええ、気に入っていたわ。でも……」

「それに、ベッドでもお互いにこれ以上はないパートナーだったし」

断固としたまなざしにリンジーは真っ赤になった。もちろん違うとは言えない。初めての夜、それまで何一つ知らなかったリンジーの目の前に感覚だけの世界が開けて――すばらしい世界はジョエルの巧みなリードで、日々、ますます広がっていった。リンジーの心には将来への不安が重くわだかまっていたが、その不安も影を落とすことができないほど、二人の間は完璧なものだった。

「ええ、それは……。だけど、私……」

「それなら、どういうことなんだ？　どうしてオフィスに電話した時、一言も言わなかった？　僕がアメリカに発って二、三日して出ていったそうじゃないか、メイベリーに聞いたよ」

「そのとおりよ。一度でも、夜、電話してきたら、もっと早くメイベリーから聞いていたでしょうにね」ジョエルのところを出る時、メイベリーに電話があっだら伝えるようにと頼んできたのだが、安心しきっていたジョエルはかけるまでもないと思っていたのだろう。リンジーが愛の巣からとび立っていようとは夢にも思わなかったというわけだ。

愛の巣？　とんでもない！　リンジーは愛していたけれど、ジョエルの求めていたのはベッドを共にすることだけ。それなのに、愛情に目がくらんで見えなかった。男性版の家政婦といった役どころのメイベリーが掃除から料理まで家事いっさいを取りしきっているので、昼間、オフィスで有能な秘書役を務めた後、リンジーにできるのはベッドを分け合うことだけだった。これでは時がたつにつれ、だんだんやりきれなくなるのも当たり前だ。開けっ放しな性分のリンジーは初めのうち、家族のこと、友人のこと、将来のこと、ありとあらゆることを話そうとしたが、いつも返ってくるのはなま返事ばかり、鈍感なほうではないし、ジョエルがプライベートな話題を嫌っているのを思い知らされてしまった。おまけに〝こういう間柄ではだれにもいい顔をされるはずはないからむだだ〟と言って家族に会おうともしない。確かに、理屈からいけばそのとおりかもしれないが、会ってほしかった……。

　感情というものをいっさい持ち合わせず、ごうまんでエゴイスト――これだけのことがわかっていながら、一緒に暮らすという重大な一歩を踏みだしてしまった。その結果――自分のしたことの責任は取らなければならない、どんなにつらくても。

「夜、電話する暇がなかったからって、まさか、それだけのことで出てきたとは言わないだろう？」

　リンジーは目を燃え上がらせた。「そんなことする私じゃないことくらい知っているはずよ！」

「なんだか君のこと、まるでわかっていなかったような気がしてきたよ」

「期限が来たから出てきた、それだけだわ」ここでかっとしてはいけない、リンジーは抑えた声で言った。「私たち、人生から求めているものが違うのよ」

「僕が欲しいのは君だ！」

「でも、私を愛してはいないわ」

　こはく色の目が細められた。「初めからわかっていたことだ、ちゃんとそう言ってあったはずだろう？」

　そう、確かにそのとおりだが、こうぴしゃりと言われるのは、やはりショックだった。「ええ」リンジーは力なく吐息をついた。

「でも、君はそれ以上のものを期待した」

遅ればせの愛情の告白を期待していたわけではないし、決心して出てきたのだ。だが、あからさまにせせら笑われるとリンジーはたじろいだ。今までは一度もこんなにさげすむような言い方をしたことはなかったのに……。

「そんなことないわ。でも……期待しなかった、とも言えないわ」

「リンジー？」

いつの間にか両手の指をしっかり組み合わせていたリンジーはいらだたしげに立ち上がった。「うまくやっていけるかどうか、試験的に一緒に暮らしてみるってことだったでしょ？　私にとってはうまくいかなかったのよ、だから、おしまい」

「僕を愛しているの、リンジー？」

くるりと向き直らされて、リンジーは涙を浮かべながら見上げた。「もし、そうだとしたら？」

とたんにつかんでいた腕を放し、ジョエルの顔が無表情な仮面に変わった。「愛か……約束には入っていなかった」

「だったらいいじゃないの、私が愛していようがいまいが」ジョエルは、どう考えたらいいのか、というようにまゆを寄せている。幸い、手遅れにならないうちにプライドが戻ってきた。「いいえ、もしかしたらって言っているだけなのよ、ジョエル。大丈夫、私、あなたもほかのだれかをも愛してなんかいないわ。ただ、もう少し欲しいだけ、あなたが与えてくれるもの以上にね」

「たとえば？」

リンジーは肩をすくめると、震えている手をさりげなくポケットに入れた。「そうね、分け合ったり与え合ったり、それから、たまにはちょっと楽しむのも悪くないかもしれない」真剣なまなざしがのぞきこんでくる。ここで目をそらすわけにはいかない。

「あなたは感情を抑えすぎるのよ、だから、ふざけるっていうのがどんなものか忘れてしまったんじゃない？　めったに出かけなかったけど、その数えるほどの時だっていつも四角ばった立派なレストランやクラブだったわ」

「ろくでもないところに連れていけばよかったっていうのかい？」

「わかっていないのね」リンジーは吐息をついた。

「君のほうこそ、何もわかっていないんじゃないか？」

いくら言ってもむだ。決して感情的になることのないジョエルには、一緒に笑い合ったり悲しんだりしたいというリンジーの気持など理解できるはずはないのだ。「わかったわ、今のは例が悪かったみたいね、私が言いたいのは、あなたが何一つ分けてくれなかったってこと。ベッド以外は全部シャット・アウトですものね。ベッドだけで充分っていう女の人もいるでしょうけど私は違うのよ」

「そうかな？」

滑らかすぎる声、危険信号だ。はっと身構えたが、次の瞬間、リンジーはぴったり抱き寄せられていた。

腕に抱かれたとたん、いつものように体中の力が抜けていく。一カ月も離れていたのだ、リンジーは夢中で唇をさし出していた。

「どうだい、リンジー」勝ち誇った目が見下ろしている。「やっぱり、これだけじゃないか？」

そんなことはない、違う、と言おうにも言葉が出てこない。キスの味が微妙に変わって、二度とこんな羽目には陥るまいという決心もどこへやら、リンジーは激しい情熱にのみこまれていった。

「僕に触って、リンジー、この一カ月、ずっと思い続けていたんだ」

深々と黄金色に輝いている目が雄弁に語りかけてくる。いけない、このままだとまた、ジョエルの出す条件を全部のんで元どおりということになってしまう。どんなにつらくても、どうしても今、ここでストップをかけなければ。

　ぴったり寄り添った胸を力いっぱい押し返そうとしてみても、もちろんびくともしない。けれど、ぎごちなさを感じ取ってかジョエルはじきに顔を上げた。「どうして泣いたりするんだ？　今まで泣いたことなんかなかったじゃないか？」

　とても怖い顔、ジョエルは涙や弱さを軽蔑しているのだ。確かにこんな気持がなければ、人生はずっとややこしくなくなるが……。

「リンジー、なぜ泣いたんだ？」

　いつまでも黙ってうつむいているのにいらいらしてきたのだろう、冷たい声だ。リンジーは涙でかすむ目を上げた。「私たち……もう、おしまいなのよ。わからないの？」

「それにしては、君はちゃんと応えたじゃないか」

「言ったでしょ、それだけじゃ足りないのよ！」

　ジョエルの目の奥を何かが横ぎっていった。軽蔑と哀れみだろうか？「どうして女ってそうなんだろう？　自由になる時間は全部君のもの、それに君を裏ぎったこともない、これでも足りないのか？　君が僕のところに移ってきてから六カ月間、だれ一人いなかったんだぞ、チャンスはいくらでもあったのに！」

　そうでしょうとも。めったにいないほど魅力のある人だし、職業柄、毎日美しい女性に取り囲まれているのだ、言われるまでもない。「そういう意味じゃないってことはわかっているくせに」ほかのことはどうであろうと、ジョエルの誠実さだけは一緒に暮らしてみて証明ずみだった。彼女を裏ぎるようなことをしたら、彼ははっきり言ったろう。確かにほかの女性はいなかった。彼は今までは一度もだれかと一緒に暮らそうとはしなかったが、リンジーだけは例外だった。しかし、リンジーはこれだけでは満たされなかった。

「ごめんなさい」

「ごめんなさい？　何に対してだ？　出ていったから？　それとも僕がいない時に出ていったからか？　いたら止めたさ、もちろん。わかっているだろう、こんなこと？」

　今度もまた、ジョエルの言うとおりだ。遠く離れていて引き止められない時をねらって出てきたのだから。ジョエルに止められたら、それを振りきってまでという勇気はなかったろう。「もう、いくら言ってもどうにもならないのよ、ジョエル」リンジーは顔にかかる髪を力なくかき上げた。「私、出てきたの、もう戻るつもりはないわ」

「というと……僕たちはどういうことになるのかな？」

「それは……あなたの決めることよ」

「ヒリーとは本当になんでもないのかい？」

　何を誤解したのだろう、こんなにしつこいなんて？「スタジオに来た時、一、二回見ただけよ」

「でも、その一、二回で、君にひどく興味があるってはっきり態度に出したんだがな？」

　ほかの人なら、嫉妬しているのではないかと疑うところだが、ジョエルの場合は百パーセント自由を確保しておくため、そんな余分な感情は持ち合わせていない。だから、今も気をもんでいるのは、有能な秘書を失いたくないからというだけ。「ロジャーは相手が女性だといつもああなのよ」以前、ジョエルを手伝ったことのある若いカメラマンのロジャー・ヒリーは女性と見れば、年齢も容色も関係なく、ちやほやするが、そんなものにはなんの意味もない。

「独立してからずっと秘書を探しているんだ」

「私にはそんな話、しなかったわよ」

「でも、僕にはしたんだよ！　君はだめだってはっきり言ってやった。君のような人を見つけるのは容易じゃなかったんだ」

やはり、そうだった。一緒に生活する一人の女性としてより、秘書としてのほうがウエートが大きいのではないかと疑っていたのだが……。「だから、言ったでしょ、私は今でもあなたの秘書です」

「僕が辞めろって言うまで、だろう？」ジョエルは鼻先でせせら笑った。

「ええ」

「君のいるべきところに戻ってくれないか、僕のフラットに！」

「ここが私のいるべきところよ、私のうちだもの」

「君のうちは僕のところだ！」

「ジョエル、私……」

「無理にとは言わない」ジョエルは荒っぽくさえぎった。「いいか、今、一緒に帰らないというんなら、もう二度と来いなんて言わないからな」

本気で言っているのだ。プライドの高いジョエルは、類を見ないほど強情で、だれかに何かを頼むなどというのは不可能に近いことだった。

「月曜の九時、今までどおりオフィスで会いましょ」

目が炎のように燃え上がった。今の今まで、当然、連れ戻せるものと思っていたらしい。「そうか、わかった。同じことを二度は言わない！」

リンジーはドアの前で立ち止まったジョエルをたじろがずに見つめた。「ええ、わかっているわ」

ああ、出ていってしまった。恐ろしい勢いでドアがたたきつけられ、おかげで部屋中が揺れるようだ。張りつめていた気がいちどきに緩んだせいか、急に力が抜けて、リンジーはひじかけ椅子にへなへなと座りこんだ。今の一幕をどうとったかはわからないが、ジョエルが諦(あきら)めてくれないことには、結局、彼の言うなりになってしまいそう、そうなったら元のもくあみだ。

それにしても、ジョエルにノーと言うのは容易なことではなかった。今だって、本当なら後を追っていって、あれは全部間違いだったと言いたいところ。けれど、満たされない思いであと六カ月すごしてその挙句、飽きたからさよならと言われたら？　いくらつらくても、どうしても負けるわけにはいかない。

でも、これからの毎日、姿を見ながら手が届かないのだ、やっていけるだろうか？

「さあ、もういいわよ、マイクもやっといなくなったし、聞くわ」

翌日の日曜、リンジーはケンブリッジシャーの実家を訪ねた。母は教会、姉のジュディが迎えてくれたが、弟のマイクが耳をそばだてているので話もできない。しばらく世間話をしているうちに、仲間が誘いに来てマイクはやっと重い腰を上げた。

「私ね、ジョエルのところを出ちゃったの」

ジュディはまゆを寄せた。金髪のところも美しいところも二人は同じだが、ジュディのはしばみ色の目には悲しそうな影があった。「まあ、あなたたち、幸せにいっているとばかり思っていたのに」

「ジョエルのほうはね。少なくとも私が内面の問題を持ち出さないでいた間は」

「でも、持ち出したのね？」

「はっきりそんなことをするほどばかじゃないわ！　でも、だめだった」姉の、気の毒に、というような顔を見ていると、泣きたくなってくる。「愛情とか結婚とかについて、あの人の考え方を変えられると思っていたの、うぬぼれもいいところだったわ」

「愛しているんだから、やってみないわけにいかなかったのよね、わかるわ」

「お母さんはそう言ってはくれないわ」

「いいじゃないの、気にしなければ」ジュディはしんぼう強い口調で慰めた。「お母さんに理解できるのは結婚だけ。すべては結婚に通じる、としか考えられないんだから仕方ないわ」

　五年前に未亡人になったが、それまでの二十数年間、とても幸せな結婚生活を送ってきた母には、あっさりジョエルと暮らし始めたリンジーを理解できない、というより許すことができないのだ。といってはでに口論したというわけではなく、無言のうちに非難されている、といった具合で、これならかえって大声でとがめられるほうがはるかにましだった。

　一度会えばお互いに気に入るに違いない、そう思って何度もジョエルに頼んだのに、答えはいつもノー。そして、リンジーのやり方に頭から反対の母のほうもいい顔をしないし、で、結局、今まであいまいなままですごしてしまった。おまけにもっと悪いのは、十八歳になる弟のマイクがジョエルとのことを、ものすごくロマンティックだと思いこんでいることで、これがますます母の態度を硬化させていた。

「私、間違っていたと思う？」考えれば考えるほどわからなくなって、リンジーは心細い声で言った。

「そんなことないわ、ジョエルをとっても愛していたんだから」

「でも、お姉さんとジョナサンは一度も……いえ、私の言いたいのは……」

「いいわ、わかるから。そう、私たちは一度も、ね。だけど、今になってみると、そうじゃなかったらどんなによかったかって……」

「まあ、そうなの？」

「ええ、でもね、あの人、自分が不治の病だってわかると……私の将来を思って……。将来ですって！あの人がいなくなってから、私がだれか別の人と結婚したがっているみたいに……」

　ジュディのフィアンセ、ジョナサンは二年前、白血病で亡くなった。心の優しい善良な人で、知人や友人は皆、彼の死を惜しんだものだった。幼なじみで学校の時からデートしていたジュディはいまだに悲劇的な別れから立ち直れないでいる。こんなふうに、まだ癒えていない傷口に触れるなんて、心ないことをしてしまった。

「ごめんなさい、思いださせちゃったわね」リンジーは姉の手をそっと握った。

はしばみ色のひとみが柔らかく輝いた。「いいえ、ジョナサンのこと話せてうれしいのよ。お母さんは一度も話題にしないし。まるで、あの人がいなかったみたいにね。それに、ことあるごとに孫がいないってこぼすのよ」

「気の毒にね、私もお母さんを失望させてばかりいて……」

うんざりしているリンジーにジュディは慰めるようにほほ笑みかけた。「大丈夫、お母さんをがっかりさせているのはあなただけじゃないわ。私も、それにマイクだって。無責任だって小言を言われっ放しよ、あの子、もう十八なのに」

「お姉さんがなぜここを出ていかないかわからないわ、お母さんが感謝しているとも思えないし」以前からわがままな人だったが、父が亡くなってからますますうるさくなった母とやっていく自信がなくて、リンジーのほうはさっさと仕事を探してロンドンに出てしまったのだ。

「あら、私はここがいいのよ、仕事もあるし、友達だってみんなここにいるし。それにうんざりした時はいつだって、ロンドンで気分転換できるもの。悪名高い妹のところでね！」

リンジーはゆううつそうに顔をしかめた。「ああ、ジョエルのところを出たって言ったら、お母さん、なんて言うかしら？」

「話すの？」

「仕方ないでしょ」

どうやってきり出そうかと思っていると、母のほうからこの話題を持ち出してきた。

「先週、何度電話してもいなかったわね、リンジー？」年のわりに白髪が多い母は小柄で小太り、すらりとした長身の子供たちの母親とは思えないほどだ。「メイベリーって人が出て、いつも、出かけていますの一点張り、ほら、あの……」彼の名前くらいすんなり言ってもいいだろうに……。「サザーランドさんはお留守だし、夜はいるものと思っていたのに。まあ、確かにまともな間柄じゃないにしても……いやがるんじゃないの、あなたが一人で夜出かけるなんて？」

いよいよだ、リンジーは諦めたようにジュディをちらっと見た。「私、あそこにはもういないのよ、お母さん。出ちゃったの」

「出ちゃった……どういうことなの？」

全身耳といった様子のマイクを見ると、ため息が出てくる。「元のフラットに戻ったのよ」

「まあ、どうして？」

母のすごい剣幕に、覚悟していたとはいえ、びくっとしてしまった。「お母さん、喜ぶと思っていたのに」

「喜ぶ、ですって？　あの……あの男と暮らし始めて家の名を汚したのよ、あなた。それを、別れたから喜べっていうの？」

「ええ」

「とんでもない！」母は半分しか食べていない昼食のお皿もそのままに、荒々しく立ち上がると、「あなたは身を滅ぼしたのよ、おまけに私たちまで巻き添えにして。あなたの身勝手のせいで私たちまで！」と言い捨てて、部屋をとび出していった。

リンジーは予想以上の大爆発に身震いしながら、神経質な笑い声をあげた。「これが母親の愛情ってわけよね」

「びっくりしたのよ、ジョエルと結婚すればいいって思っていたから」

「そう思っていたのはお母さん一人じゃないわ」リンジーは声をつまらせた。

「なんだ、ジョエルのスタジオ、見せてもらえないことになっちゃったのか」

「マイクったら！　少しはリンジーの身にもなってごらんなさいよ」

「でも、出てきたのはリンジーのほうだろう……」

「もういいわ、マイク」ジュディはいつもに似合わない厳しい声でさえぎった。「もう少し大人になったら、あなたにもわかるでしょう」

「いやだな、もう大人だよ、僕！」マイクもうんざりしたように戸をばたんと閉めて部屋を出ていった。

「やれやれ、プライドを傷つけられたってとこね、マイク」

「考えなしにしゃべるからいけないのよ。心配しないで、リンジー、後でちゃんと話しておくから」

「お母さんにも？」

ジュディは肩をすくめた。「少し時間がかかるでしょうね。でも、結局、わかってくれるわよ」

「〝結局〟じゃ困るのよ、今、わかってほしいのに」

苦々しい声に、ジュディは吐息をついた。「かわいそうに、リンジー」

こんなことなら、ジョエルのことはいっさい隠しておくべきだった。フラットをかわった、といっても、だれも不審には思わなかったろう。今までリンジーは正直だったし母の非難にもおとなしく耐えてきた。ジョエル・サザーランドと知り合わなければどんなによかったことか……。

夜、暗い中で目を開けて天井を見つめても、浮かんでくるのはジョエルのことばかり。ジョエルもあの大きなダブルベッドでやはり眠れずにいるのだろうか？　まさか。代わりの女性ならいくらでもいるのだ。

ああ、今、あそこにいられるのだったら、六カ月前に戻りたい。もう一度、あのすばらしかった六カ月を生き直してみたい。

秘書として働き始めたころ、ジョエルは赤毛の美しいモデルと付き合っていた。けれど、二週間がすぎたころ、お相手はもっと美しいブルネットの女性にかわっていた。

こうして何カ月かの間、何人もの美しい女性が現れては姿を消していったが、ジョエルの心をとらえた者はいなかった。飽きると電話はお断りだし、スタジオにも立ち入り禁止とパターンは決まっていた。それを伝えるのも秘書の役目で、目の前で泣きだされて困ったことも何度かあった。

最初のうちは、次から次へとかわる美しい女性たちを面白がってながめていたが、ある日、突然、自分自身がジョエルに恋をしていると気がついてから、面白いなどとは言っていられなくなった。彼にとってはただの秘書というだけ、希望はない。となると、どうしても忘れなければならないわけだが、毎日顔を合わせているのではとても無理だ。すっかりうろたえたリンジーはすぐに辞表を出した。

ところが、ジョエルは〝ただの秘書〟とは思っていなかったらしく、その日、夕食に誘われてとどまるようにすすめられた。レストランから静かなクラブへ移って、二人は初めて、いろいろなことを話し合った。そして、おやすみのキス。何かを約束するような軽いキスにリンジーの心はおののいた。翌日、再び夕食に誘われた時は、どちらも辞める件を持ち出そうとはしなかった。おやすみのキスは前夜よりも情熱的なものだった。

次の週、ボスと秘書という事務的な関係はもっとプライベートなものへと変わっていった。今までリンジーに恋人がいなかったと知ったジョエルは、なぜか恋人同士になるのをためらっていた。妙に緊張したぎごちない何日かがすぎ、やがて、ジョエルは試験的に一緒に暮らしてみようというとっぴな提案を出した。

恋人ならいくらでもいたが、一度も同棲をしたことのないジョエルが、リンジーを相手に初めてのことをしようとしたのだ――これは望みなきにしもあらず、かもしれない。

だが、甘かった！　ジョエルは紳士的で、何も要求しないばかりか、リンジーの自立を百パーセント認めていた。そう、ここが問題なのだ。愛していたら、百パーセントの自立など認めたがらないに決まっているではないか！

やはり、六カ月前に戻ることになるだろう。ただし、辞表を出す、という時点に。仕事は続けると言ったが、とても毎日顔を合わせる勇気はない。こんなことになるのなら、あの時辞めておけばよかった。

2

「いや、たいしたものだ」ジョエルは恐ろしく皮肉な口調で言いながら、渡したばかりの辞表をひらひらさせた。「全くたいしたものだよ！　しかも、よりによって、マルコム・リーダーとの契約でこれから忙しくなるっていう矢先に！」

オフィスに着いたのは三十分前、ジョエルはもう来ていた。まず、いつものようにポストから手紙を取ってきて、それから辞表をタイプして、今、手紙と一緒に手渡したところだ。ジョエルの反応は予想どおりのものだった。

「でも、アメリカで話をまとめてきたんじゃありません？」

「ああ、そうだ」一人でにしろ、パートナーがいたにしろ、ジョエルも昨夜はよく眠れなかったらしい。「見せた写真がとても気に入ってね、新製品発売に先がけて、また何枚か別に撮ってほしいっていうんだ。この一カ月、イメージにぴったりのモデル探しをしていたんだが……」

というと、一カ月間、毎日美しい女性をいやというほど見てきたのだ。激しいジェラシーに胸がしめつけられるようだ。

「でも、あの化粧品にぴったりのはいなかったよ」リンジーが表情をこわばらせるのを見て、ジョエルはからかうように続けた。

「一人一人テストしたんですか?」我ながらひどく意地悪そうな声だ。

「カメラテストってこと?」おかしそうにまゆがつり上がった。「そうだ」

こんなにはっきりやきもちをやいているのを見せてほくそ笑ませてしまったとは! 本当にどうかしている。

「早まったのを後悔しているんなら」ジョエルはすぐ目の前、デスクの端に腰を下ろした。愛用のアフターシェイヴローションの強い香りが鼻をつく。こんなに近くに来られては危険なのだが……。「まだ遅くないよ、考え直すには」

「いえ、どうぞ受理してください」ジョエルが言っているのはもう一つの決心のほう、もちろんよくわかっていたが、リンジーはわざとわからないふりをした。

目がみるみるうちに褐色に変わっていく。ジョエルは辞表をポケットに突っこむと立ち上がった。「ここ五年間に使ったモデル全部のファイルを持ってきてくれ」

「まあ、全部ですか?」

「そう、全部って言ったんだ」

「ええ、ですが……」

「急いでくれ、一日中待たされるのはごめんだ！」

ものすごい勢いでスタジオのドアが閉まった。

「まあ、あの意地悪が私の愛していた人？」戸口の方から笑いを含んだ声がした。

「カリー！」ぱっと振り返ったリンジーは夢中でドアの方にとんでいった。「いつ戻ってきたの？」

「この週末にね。四年もいじめられたジョエルに会うのもいいんじゃないかと思って。どう、あの人？」

リンジーはぴったり閉ざされたスタジオのドアを横目で見て顔をしかめた。「ええ、いつもと同じ、とってもすてきよ！　でも、ジョエルの話なんかよしましょう。それより、あなたのこと話して。結婚生活ってどんなもの？」

二カ月前までジョエルのところのトップモデルだったカリー・ロビンは前途有望な若手の国会議員と出合い、あっという間に結婚してしまった。夫の手伝いをするのでモデルは辞めると聞いて、ジョエルはずいぶんぼやいたものだった。もう何年も前になるが、カリーは一時ジョエルの恋人だったことがあり、その後、彼の数少ない女友達の一人になっていた。リンジーも初めのうちはもちろん穏やかでなかったが、カリーの温かく思いやりのある人柄を知るにつれて、ばかげた気持は消え、今では親友付き合いをしている。

「ええ、幸せの一語に尽きるわ」肩に波うつ豊かな赤褐色の髪、きらきら輝くブルーの目、カリーがトップモデルだったのもうなずける。「デヴィッドは世界一すてきな人よ」

「とってもハンサムだしね？」

「手を出しちゃだめよ」軽い口調を受けて、カリーも茶目っぽく応じた。「それでなくても、女性有権者相手にてんてこまいしているんだから、このうえ、あなたまで増えたら大変！　ところで、ジョエル、どうしたっていうの？　まるで、怒った熊（くま）って感じだったじゃない？」

「別に。いつもよりひどいってわけじゃないわ」肩をすくめて言い紛らしはしたが、以前のジョエルはこうではなかった。

「でも、充分ひどいわよ。どうしてっていうより、だれのせいなのかしら？」

「それが……私じゃないかって気が……」

「まあ、まだ落ち着かないの、あなたたち？」

「私たちが……まだって……？」

ふっと表情をこわばらせたリンジーを見て、カリーは、わかっているのよ、というように軽く腕をたたいた。「あなたたちが一緒に暮らしているのは知っているのよ、ジョエルがちょっと口を滑らしたものだから」

「そうだったの。じゃ、今度は私から言わなきゃね、私たち、もう一緒にはいないわ」

「いつから？」

「私が出てきた時からよ」

「あなたのほうから？」とても驚いた顔、ピリオドをうつのはジョエルの側から、と頭から決めてかかっていたらしい。「かわいそうにジョエル、ショックだったでしょうね」

「よくそんなこと言えるわね」

「そりゃあ……だって、ずっと続くものみたいな口ぶりだったもの」

「でも、ジョエルのような人にしては六カ月っていったら〝ずっと〟も同じでしょう？」

「そうじゃないの」カリーは真剣な顔をした。「私、ジョエルにとって今度こそって気がしていたのよ」

「愛情ってことを言っているんなら……カリー、あなたはあの人のことをもっとよく知っていると思っていたわ」

「そうか、相変わらずなのね?」カリーはしたり顔で何度もうなずいた。

「相変わらずって?」

「ジョエルは愛したり愛されたりする方法を知らないのよ」

「それは無理よ。愛なんてものがあることさえ知らないんですもの、あの人!」

「まあ、リンジーったら。でもね……」

「なにをぐずぐずしているんだ、リンジー?」いきなりスタジオのドアが開いて、顔を出したジョエルはデスクの端にちょこんとかけたカリーを見て目を細めた。「なるほど、こういうことだったのか。どうしたんだい? ばら色の日々がもう色褪せてきたってことか?」

いらいらした声にもけろりとした様子で立ち上がったカリーは、ゆっくりスカートのしわを伸ばすと、ジョエルのところに行って長々とキスをした。「結婚生活ってすてき。おすすめ品だと思うけど?」

「なるほど、少数派の一人ってわけか。もっとも、二カ月目じゃ経験不足でたいして信用もできないがね」

「本当に、皮肉屋なんだから、あなたって」ごきげん斜めなジョエルに慣れているカリーは取り合おうともしない。

「いや、違う。リアリストなのさ」ジョエルはリンジーの方にちらりと鋭い目を向けた。「何年もしないうちにだめになるような制度には賛成できないね。ちゃんとした保証がなくちゃな」

ほおからすっと血の気が引いていく。リンジーに聞かせるためにわざと言ったのだ。相手がだれであろうと結婚を考える気はない、と。一度も結婚を持ち出したことはなかったのに……。

「どうぞ、いくらでも強情を張るといいわ」カリーはからかうようにつぶやいた。「私がなんとかしてあげようかしら？」

「どういうことだい？」

「リンジーから聞いたわ、もう一緒じゃないんですって？」この辺でやめておけばいいのに。「どうかしているわね、リンジーを手放すなんて」

「カリー、よして……」リンジーは気が気ではない。

「リンジーが決めたことだ」しんらつなカリーを押しとどめたが、険しい声にさえぎられてしまった。

「そう？　でも、リンジーが出ていったって聞いてもだれもどうかしているなんて言わないでしょうね、仕事の上だけでも容易じゃない人と二十四時間付き合ったんですもの？」

「友達っていうのは、侮辱するためにいるのかい？」

「必要な時には苦いことを言ってあげるのが友達よ」カリーは優しいしぐさでジョエルのほおに手を触れた。

「なるほど。でも、今日のところは願い下げにしてほしいな。用があるならスタジオに来てくれ、そこで僕の秘書の仕事の邪魔をされちゃ困る」

さっきのあてこすりのせいでリンジーはまだ蒼白(そうはく)だった。やはり、この人には感情がないのだ。いつかは愛してくれるかもしれないなどというかすかな希望にしがみついていたとは、なんておばかさんだったのだろう。

「どうぞ、これだと思います」手が触れ合わないように充分注意してファイルをさし出すと、それに気づいたのだろう、ジョエルはあざけるように唇をゆがめた。

「どうするんだカリー、いるのか、行くのか？」

「せっかく引き止めてくれるのになんだけど」カリーは相変わらず上きげんで、いたずらっぽくにやっとした。「デヴィッドと会うことになっているの。ここに寄ったのはね、この週末、お二人に食事に来てもらおうと思ったから。でも今の状況からいくと、別々にそれぞれのパートナーとどうぞって言うほうがいいみたいね？」

ジョエルがかみつきそうな顔でにらんでいるというのに、よくけしかけるようなことが言えるものだ。こういう荒れ模様の時は触らぬ神に祟りなし、でやってきたが、以前の関係からカリーだけは特別なのかもしれない。

「僕はいいよ。いつ、何時にだい？」

「土曜日の八時」カリーは問いかけるようにリンジーの方を向いた。「あなたもいい？」

今のところ、いつでもフリーだ。だが、パートナーをどうしよう？　まさか一人では行けないし、といって断るのも気が進まない。「いいわよ」ジョエルが探るように目を細めて見つめているが、無視することにした。彼はパートナーに困るはずはない、よりどりみどりなのだから！

「それじゃ、ジョエル」カリーはジョエルの腕に自分の腕を滑りこませ、スタジオに入っていった。「もうちょっと時間があるから聞かせて、いったい何が……」

ドアがぴったり閉じられその後は聞こえなかった。くずおれるように椅子に座ったリンジーはずきずきするこめかみに手を当てた。辞表を出してから一カ月はいなければならない決まりだが、やっていけるだろうか？

「どうかしたんですか？　顔色が悪いようだが？」

耳慣れないアメリカン・イングリッシュに目を上げると、表情豊かな淡いブルーの目が心配そうにのぞきこんでいる。黒い髪のこめかみにいくらかグレーがまじっているが、四十歳、それとも三十八、九歳というところか、仕立ての良いスーツをスマートに着こなしたすてきな人だ。

「いいえ、別になんともありませんわ」温かいブルーの目にじっと見つめられ、なんとなく居心地が悪くなったリンジーは座り直した。「あの……代理店が誤解していたんだと思います。サザーランドさんは男性のモデルは写さないんですのよ」

「というと、モデルになれるくらい若くて魅力的だと思ってくださったわけですね？」ブルーの目が愉快そうに輝いている。「実に光栄ですね、でも四十一歳っていうとどうかな、年齢制限があるんでしょう？」

「それは、なんのモデルかによりますわ」

「いや、いい加減にストップしないと申しわけないな」男は楽しそうに笑った。笑うと日やけした顔に笑いじわができてますます好感が持てる。「僕はマルコム・リーダーです」

驚いた、こんなことってあるのだろうか？　この人がアメリカの化粧品業界で一、二を争うというあのマルコム・リーダー？　年も若いし、有能な実業家にはつきものの冷酷さもみえない。もっとも、気さくでソフトな物腰の陰に鋼の強さを秘めているのかもしれないが。いつ、イギリスに来たのだろう？ジョエルは知っているのだろうか？

「リンジー・ポープです」しっかり握り返してくる大きな手、デスクワークのはずなのにずいぶん固いし、たこができている。

「ロープのせいなんですよ、週末はほとんどヨットですごすものですからね」おっとりして気安い感じだが、やはりとても鋭い。「ジョエルからあなたのことはうかがっています」

「まあ、そうですか？」手を放すのを忘れてしまったらしい。リンジーはさりげなく手を引っこめた。

「ええ、ニューヨークでね」

「どんなふうに言ったのかしら？」ブルーの目が離れようとせず、リンジーのほおに血が上ってくる。

「そうだな、こんなにきれいな方だとは言っていませんでしたよ。ところで、ロンドンに出てきたおのぼりさんに少しは同情して、一度夕食を付き合ってくださいませんか？」

「私……」

「マルコム！」スタジオのドアが開いたのにも気がつかなかったなんて。ジョエルはとがめるようにリンジーに目をすえている。「なぜ、すぐに取り次がなかったんだ、リンジー？」

「いや、今、来たばかりなんだ」マルコムは如才なく、すぐ手をさし出した。「君の秘書は実にすてきな人だ。おや、もう一人、美しいご婦人がいらっしゃる、どなたかな？」

カリーとマルコムの紹介が始まった。これでやっと一息つける。ジョエルがニューヨークで何を話したかは知らないが、まさか一緒に住んでいるとは言っていないはず。もしそうなら、マルコム・リーダーも夕食に誘ったりはしないだろう。それにしても、返事をせずにすんで運が良かった。なんといっても、ジョエルには大切な顧客なのだから、断って怒らせるのはいやだし、といって、今はとてもデートという気分にはなれない。

「とってもハンサムじゃない？」カリーは二人が消えたスタジオのドアを見ながら声をひそめた。「やってみる価値はあるわね」

「やってみるって、何を？」

ブルーの目がいたずらっぽく光った。「わかっているくせに。それに、あの人だってあなたに関心持っているし」

「そうかしら？」リンジーはにべもなく言った。背が高く、浅黒いハンサムな男性だが、何ダースいても、今のところ興味はない。

「そうですとも。ね、わからないの、昔ながらのやきもち、ジョエルに必要なのはこれなのよ」

「そんな言葉があったかって言うわ、あの人」

「まさか本気でそう思っているわけじゃないわね、リンジー？ ねえ、表面に出さないからって感じていないわけじゃないのよ。ジョエルは気持を隠すのがとってもうまいんだから」

「私のためを思ってくれているのはわかるわ。だけど、もう終わったのよ。六カ月もあれば希望があるかどうかぐらいわかるもの。今は生活を軌道にのせたいだけ、もちろんジョエルなしのね」

「そう……残念ね。あの人もあなたとならうまくいくと思っていたのに。あなたと暮らし始めて、前よりずっと穏やかになったし、少しは殻が開きかけたみたいな気がしていたのよ、本当に。でも……」カリーは肩をすくめた。「あなたが終わったって言うんなら、そのとおりなんでしょうね？」

「ええ、もう、おしまい。さっき辞表も出したわ」

「そうですってね、聞いたわ……じゃ、土曜にね？」

「あら、行けるかどうかわからないわ」

「だめ、来なけりゃ。ジョエルは来るのよ、あなたが来なかったら、会いたくなくて隠れているって思われるわ、それでもいいの？」

「でも……できるかしら？」

「当たり前でしょう。ついでに、だれかすてきな人を連れてくるのね」

「すてきな人なんて知らないもの、私」

「マルコム・リーダーはどう？」

それも少しは考えたが、とんでもない。ハンサムで感じはいいし、とても魅力的な人。だが、ジョエルの重要な顧客だ、かかり合いになるわけにはいかない。

「あの人は仕事面でだけのお付き合い、数のうちには入らないわ」

「そうかしら、その値打ちはありそうに見えたけど？」

「もちろん奥様はいるでしょうし、子供が一ダースあるかもしれないわ」

「おあいにくさま、彼は独身よ。アメリカ中の女性のあこがれの的ですもの」

「じゃ、なんの苦労もないってわけね」

カリーは陽気な笑い声をあげた。「たぶん、ふさわしい女性に巡り合えないってことが、たった一つの苦労じゃない？ もしかしたらそれがあなたかもしれないわよ、リンジー。そうなったらジョエルのプライド、大打撃だわね！」

「だれにも打撃なんか与えたくないわ」リンジーはつやのない声でつぶやいた。「何もかも忘れたい、それだけよ」

「できそう？」

「だめみたい」

「私だけ幸せで気がとがめるわ」カリーはほおにさよならのキスをしながら顔をしかめた。「きっと、あのはしにも棒にもかからないエゴイストを忘れることはできないでしょうね、リンジー。でもね、いくら激しい愛情でも、時がたてば薄れていくものなのよ」

カリーは口で言っている以上にジョエルを愛していたのではないか、薄々そんな気がしていたが、やはりそうだった。だが、カリーは彼と別れてもう四年以上の月日がたっているのだ。土曜のパーティーに行くとなれば、私は数日後に新しい女性を連れたジョエルと顔を合わせなければならない。考えただけで胸が痛くなる。

「忘れるよう努力するわ、カリー。それから、土曜のことはまた電話するから」

「無理してでも来て、いい？」

一時間ほどしてマルコムが出てきた。ジョエルはこれから撮影があるといって、しばらく前から待っていたモデルとスタジオに戻っていった。

「実にすてきな毎日なんでしょう?」すぐに出ていくものと思っていたのに、マルコムはリンジーのデスクの端に腰を落ち着けてしまった。

「それはあなたのほうじゃありません?」

「さては、あの美しいロビン夫人から僕のうわさを聞いたとみえる」

「ええ、しかも、たくさん尾ひれのついた話をね」

「そうだろうな」

もう二度と笑ったりできないだろうと思っていたのに、マルコムの正直さに、思わずにやっとしてしまった。「本当かどうか知りたいところですわ」

「それだけ? がっかりだな、たいていの女性なら自分の目でぜひ確かめたいと思うところなのに」

「お話をうかがうだけで充分ですわ」少し厚かましいところもあるが、好感のもてる人だ。いつの間にかリンジーはすっかり寛(くつろ)いでいた。

「やれやれ。夕食のことは考えてくれましたか?

さきほどは惜しいところで返事をもらい損なった」

たちまち浮き浮きしていた気分が沈んでいく。

「すてきなお誘いなんですけど、リーダーさん……」

「そうか、美しい女性に〝さん〟づけで呼ばれるとなると、返事はノーってことだ。ああ、せっかくロンドンを案内してもらおうと思っていたのに」

「私自身、あまり知らないんです、住んではいても。それにもう何度もいらしているのでしょう?」

「まあ、それはね、本当にすばらしいところだ」

「でも、ニューヨークほどではない?」

「全然違いますからね。ロンドンでの楽しみは、別の人の目をとおしてものを見るってことなんだ」

「女性の目をとおして、ですか?」

「そう、女性の目でね」マルコムはにっこりした。

「ニューヨークには?」

「いいえ、イギリスを出たことはありませんの」

「ジョエルと一緒に来ればよかったのに。そうすれば、いろいろ案内できたんだが」

そう、たぶん、出張に一緒に来るようにと言ってくれさえしたら、ジョエルのところを出たりしなかったろう。出発前の最後の晩、二人は情熱的に愛し合ったが、ジョエルは連れていこうなどとはおくびにも出さなかった。「でも、だれかがここにいませんと」リンジーはことさら明るい声を作った。「それもそうだけど、でも、もっと早く会えなかったのは残念だな」

だが、もっと前に会っていたら、リンジーがジョエルの元恋人ということは知られていたろう。リンジーもジョエルも一緒に暮らしていることをおおっぴらに宣伝はしなかったが、隠していたわけでもなく、きかれればはっきり認めていた。けれど、なぜかマルコムにはこのことを黙っていたいような気がする。

「もう、だれかいるんですか?」

ぼんやり考えこんでいたリンジーはうっかり聞きもらして、慌てて目を上げた。「すみません、今、なんておっしゃったのかしら?」

「食事に誘ったりして、どこかの運のいい男の気を悪くするんじゃ申しわけないと思って」

「まあ、そんなことありません!」何もこれほど鋭い口調で言うことはなかった。間が悪いといったらない。「いえ、ただ、その……」

「いや、いいんですよ、そう四苦八苦しなくても」もぞもぞ言いかけたリンジーにマルコムはくすくす笑った。「ノーって言われるのは構わないが……ただ、フェアじゃないとね。あっさり引き下がる気にはなれないな、何度でも誘いますよ、リンジー。こう見えてもなかなか諦めないタイプですからね」

「相手にとって不足はなし、ですわね? だって、私もがんこなほうですもの」

言いたいことをはっきり口にするリンジーに、マルコムは、いいぞ、というようににっこりした。もっともジョエルに傷つけられたばかりでは、なおさらマルコムの魅力に負けるわけにはいかない、と思っていることなど夢にも知らないだろうが。「それではお嬢さん、またじきにお会いしますよ」

今のはただの外交辞令ではなく、れっきとした約束だ。一度こうと思ったことをやり抜く、という意志の強さにかけては、マルコム・リーダーもジョエルに引けを取らないかもしれない。ただ思いどおりにするにしても、たぶん、ジョエルよりも如才なく巧妙に持っていくのだろう。でも、カリーの言っていたことは確かに当たっている。マルコムにはなんの苦労もなさそうではないか。

「もう、僕の代わりを考えているところか？」

つい、ぼんやり考えこんでいてモデルが帰ったことにも、ジョエルがじっと見つめているのにも気がつかなかった。「いいえ、そんなんじゃありません。リーダーさんはとてもすてきな方ですけど」最後の言葉は余分だったが、わざと言ってみた。

「そのとおりだ」ジョエルはせせら笑った。「もしかすると、一緒に住もうって君を説得できるかもしれないな。僕のことをろくでなしと思っているんだろうが……」リンジーが蒼白になったのを見て、ジョエルは言葉を切った。「いや、すまなかった、そういうつもりじゃ……リンジー、どうしたんだ、リンジー……」

「お昼に行ってきます」リンジーは立ち上がると、手早くバッグとジャケットを手に取った。「いつもより時間が早いんですけど……でも、どうしても一休みしないと。一時間で戻りますから」声が震えそうでこれ以上は話せない。

「リンジー……」

「それじゃ、一時間で」リンジーはそのまま逃げるようにオフィスを出た。わき目も振らずに歩きに歩いたが、どこに行こうという当てはない。とにかくジョエルから、彼の一言一言にひそめられたとげから逃げたいだけだ。

　今まで一度も、ジョエルはリンジーを残酷に傷つけようとしたことはなかった。気は短いし、きげんの悪い時など、ずいぶん当たり散らしたものだが、今度のようにぐさりとくるようなことを言ったためしはなかった。

　それからの一時間、リンジーはどこを歩いているかもわからずに、ジョエルのことを忘れたい一心でしゃにむに歩き続けた。

　けれどいつまで歩いていられるものでもない。オフィスに戻れば、いやおうなしに顔を合わせなければならないのだ。また、さっきのようにひどいことを言われたら、どうしたらいいのだろう？

　ドアを開けると、ジョエルはリンジーのデスクに腰かけていた。ジャケットをハンガーにかけるぎこちないしぐさを追ってくる鋭い視線が痛いほどだ。

「さっきは悪かった」しばらくしてジョエルがかすれぎみの声でぽつんと言った。ちらっと見ると、嵐をはらんだ金褐色の目が探るように見つめている。「リーダーのこと、あんなふうに言ったのは本気じゃなかったんだ、信じてくれるかい？」

「ええ、もちろん」リンジーはきっぱりと言った。

　すぐ目の前に立ったジョエルからぬくもりが伝わってくるようだ。「でも、誘われたんだろう？」

　リンジーは臆せずに、激しい色を浮かべた目を見つめ返した。「もし、そうだったら？」

「あいつ、君に関心があるんだな」

「あなたのことを知らない人なら、心配してくれているんだって思うところね」ジョエルは両手をこぶしに握りしめて今にも爆発しそうだ。「でも、幸い私はあなたがどんな人か知っているから……」

「心配しているさ、当たり前だろう。僕と別れたせいで、君が求めてもいないのにごたごたに巻きこまれるのを黙って見ているわけにはいかない」

リンジーは皮肉っぽくゆがんだ唇をにらみつけた。「私が何を求めていて何を求めていないか、いつからそんなことがわかるようになったの?」

言わなければよかった! リンジーが何を求め何を必要としているかは百も承知だ、といわんばかりに目がきらっと光った。

「感情面でのことよ、誤解しないで」

「で、どうするんだ、リーダーと出かけるのか?」

「出かけるかもしれない。でも、どうかしら、だって、仕事と楽しみを一緒にするとひどいめにあうっていい勉強をしたばかりですもの」

「この六カ月はどっちにウエートがかかっていたんだい?」

リンジーはのど元にこみ上げてきた塊をのみ下した。「両方ともどっちでもよかったような気がし始めたところよ!」

大きく吐息をついたジョエルはふっと目を閉じた。

「どうかしている、何を言っても君を責めるようになってしまうなんて……。出ていきたがるのも無理ないよ、僕は君を傷つけるようなことしかしないものな」

「傷つくのは心があるからよ」緊張に耐えきれずリンジーはくずおれるように腰を下ろした。「でも、私たちの約束には心は入っていなかったわ」

「ああ、そのとおりだ」吐きだすように言うと、ジョエルはくるりと背を向けた。「お昼に行ってくる」

一人になると張りつめていた神経が少しずつ落ち着いてくる。覚悟はしていたが、思った以上につらいものだ。これまで、ひっきりなしに女性たちが出入りしていたが、こんなにむきになったジョエルを見るのは初めて。だが、これも女性のほうから終わりにしようと言いだしたからだろう。今まではいつも、イニシアティブを取るのはジョエルのほうで、相手が少しでも感情をまじえようとするや、どこかにあるレーダーでキャッチしてピリオドをうってきた。花束に二言、三言言葉を添えて。こんなに愛していなければ、ちょっとしたメモを添えた花束を贈るのも、悪いアイディアではないのだが!

暗黙のうちに一応休戦ということになったが、吐きだせないだけに、かえって緊張は募る一方で、二、三日たつうちにすっかり疲れてしまった。といって、弱みを見せたくないので休むわけにもいかない。一度、危うく、愛している、と言いそうになったことがあるが、その時の〝そういう人間の弱さは最低だ〟と言ったあの口調が耳にこびりついて、弱みを見せるようなことをするのはプライドが許さなかった。

昼間は一触即発といったジョエルにびくびくしてすごし、夜は夜で、これからの日々を思ってろくに眠れない、これではやつれても当たり前だ。

おまけにマルコム・リーダーがふらりと訪ねてきたり、電話してきたりするので、オフィスの雰囲気はますます険悪になっていく。言っていたとおり、諦める気は毛頭ないらしい。ジョエルがいい顔をするはずはないが、それでもマルコムを追い出さないのは仕事を考えてのことだろう。

木曜日のお昼、ジョエルがモデルのファイルを返してきた。

「適当な方、いませんでした?」この五年間に使ったモデルの中には本当に美しい人もいるのに、そんなに注文がむずかしいのだろうか?

「だめだ、一人もいない。完璧(かんぺき)でなきゃ困るんだ」

この四日間の疲れが見えるのはリンジーだけではなく、ジョエルもだいぶ変わった。いつものしんらつなユーモアのセンスも影をひそめている。この六カ月間の埋め合わせに夜ごとに違ったパートナーと楽しんでいるらしいのに、少しも幸せそうには見えない。

けれど、自分の不幸で手いっぱいのリンジーには人に同情するだけの余裕はなかった。それに、どうせジョエルはこの十分の一も苦しんではいないのだ。

「少し規準を緩めたら？　メイク・アップでどうにでもなるものでしょう？」

「そうはいかない。それに、どうしてもブルネットでなければ。とにかく、そのファイルの中にはいないんだ」

ジョエルが情熱を傾けるものがあるとすれば、それは仕事だ。だから、モデルに関しては決して妥協しようとしない。「どういう方がいいんですか？」

「黒い髪にグリーンの目の魔女だ」なんとなく苦々しげな口ぶり、黒い髪にグリーンの目の女性は嫌いなのだろうか？「新シリーズは〝魔力〟ってタイトルなんだよ」

「そうですか」

「君にはイメージが浮かぶっていうのがどんなことかわかるか？　どうしてもそれでなきゃならないんだ」なにもこんなにくってかかることはないのに。

「あら、私にだって夢はあります」

「これは夢じゃない、現実だ。いいかい、彼女は現実なんだよ！　その現実に取りつかれて……どうにも逃げられない……」

「ジョエル……？」

「……いや、今のは忘れてくれ、なんでもないんだ」宙に目をすえていたジョエルは夢から覚めたようにリンジーを見た。

なんでもないことはない。いまだに思いだすだけで胸がかきむしられる、ジョエルにもそんな女性がいたのだ。まさかと思っていたのに……。「ジョエル……」

「忘れろと言っただろう！」荒々しい表情に言葉が凍りついてしまった。ジョエルは独り言のように低く続けた。「いや、必ずだれか別の人がいるに違いない、彼女を使うなんてとんでもない……」

「なぜ？」

「君には関係のないことだ！」

別の女性のせいでこんなに苦しんでいる。ジョエルも以前、一度は愛という感情を抱いたことがあるのだ。この謎の女性に、愛とはどんなものかをいやというほど教えられたのだろう。

「君の顔なんか見たくもない！」

ジョエルはドアをたたきつけて出ていった。いつも冷静で感情的になることのない人がこれほど取り乱している――いったいどういう女性なのだろう？　両親の話を一言もしないところから、不幸な子供時代をすごし、愛情や結婚が信じられなくなったのだろう、と勝手に思いこんでいたが、とんでもなかった。どうしても忘れることのできない女性がいるのに、いつか愛してくれるようになるかもしれないと思っていたなんて……。

二、三時間してジョエルは戻ってきた。諦めて何かを受け入れた、そんな感じだ。こんなに打ちひしがれたジョエルは見たことがない。なぜ、苦しみを分けようとしてくれないのだろう？

「どこかのファイルにマリリン・ミルズがのっているはずだ。すぐに持ってきてくれ」

マリリン・ミルズ、これがその人の名前。そして、以前どんな状況で別れたにせよ、ジョエルは今、この女性に再会しようとしている。

よほど古いのだろうか、六年前のファイルにも見つからず、もっと以前のを奥の方から引っ張り出すと……あった！　なんて美しい人だろう。これではジョエルが忘れられないのも無理はない。

「すぐに持ってこいって言ったはずだ」

まずいところを見つかってしまった。ジョエルがいちばん嫌いなのは、自分に関係ないことに鼻を突っこむことだ。せめて、少しでも足音をたててくれたら、別のことをしているふりができたのに。「このマリリン・ミルズでいいかどうか調べていたんです」

下手なうそはつかないほうがいい、というように、褐色の目がきらっと光った。「何人もいるはずないだろう？」

「あの……年齢の点で……この方少し年がいきすぎていません？　この写真、七年も前のものですし……」

「ずいぶん暇だとみえるな、そんな余分なことまで……。二十五歳といったら、年寄りってことか？」

「それじゃ、この時、十八歳だったのかしら？」

「ああ」ジョエルは苦々しげに唇をゆがめた。「とても信じられないだろう？」

十八歳といったら少女の面影があっていいはずなのに、蠱惑的なグリーンのひとみにはあどけなさなどかけらもない。この人は生まれた時から人前の女性、そんな気がするほどだ。

「とってもきれいな方ね」

「そうだ」ジョエルはひったくるようにファイルを取った。

「どうして、七年間も使わなかったんですか？」胸がきゅっとして、突っかかるように言ってしまった。

「モデルをやめていたんだ」

「今は？」

「アメリカでまた始めたよ。なぜ、そんなに知りたがるんだ？」ひどく険のあるかみつきそうな口調だ。

「とてもきれいな方だから……」

「僕の使うモデルはみんなきれいだ」

リンジーは顔を上げた。グリーンの目が燃えている。「でも、今みたいなあなたを見るのは初めて」

「今みたいって、どんなふうに？」

ふっと表情をこわばらせたジョエルを見ているうちに胸がどきどきしてきた。つい口が滑って、言いすぎてしまった。過去のことやプライベートな生活についての話はタブーなのに、以前の恋人のことを言われていい顔をするはずはないではないか。「いえ、なんでもないんです。あの、この手紙にサインをいただきたいんですけど」

「話をそらすなよ、どんなふうにってきいているんだ」

「痛いわ、ジョエル、放して！」いきなり、荒っぽく腕をつかまれ、リンジーは悲鳴をあげた。こんなに乱暴なことをされたのは初めてだ。

「さあ、言うんだ！」

言わないうちは放してくれそうにない。「こういうことよ、今まで人を傷つけて喜んだりしたことなかったでしょ、あなた？」

「くそっ！」リンジーを突きとばすように押しやると、ジョエルはスラックスのポケットに両手を突っこんだ。「なんだか、このところ君に謝ってばかりいるみたいな気がする、どうしてなんだろう？」あの目は苦しんでいる人の目かしら？「君の後任は見つかったかい？」

「それは、そちらで探してくださると……」低くつぶやくように言って、リンジーはデスクに目を落とした。

「いや、それは君の仕事だ。引き継ぎをちゃんとしておいてくれよ」

「わかりました」今にも涙があふれそう、リンジーはしきりにまばたきした。

「それで、君のほうは新しい仕事、見つかったのかい？」用はすんだはずなのに、ジョエルはいっこうに出ていこうとしない。

新しい仕事？ まだ考えてもいなかった。そうだ、なんとかしなければ、フラットの家賃も払えなくなってしまう。つい二、三日前に電話したが、母のきげんは相変わらずだし、生活できなくなったからといっておめおめ帰れるものではない。

「いえ。でも、きっと何か見つかると思います」

「ロジャーがまだ探しているぞ」

氷のように冷ややかな目にもたじろがず、リンジーは真っすぐに見つめ返した。「でも、今度はもっと普通の仕事にしようと思っていますから」

「まあ、やってみるんだな、一週間で退屈するさ」

「その退屈がいいのかもしれないでしょう、私には？」

ジョエルは殴られでもしたようにひるんだ表情をみせた。「そうか、何カ月かにしろ、君に刺激を与えられてよかったと思わなくてはな」

「わざと誤解するなんて……」

「そうかな？ そんなつもりは……」鳴りだした電話のベルにジョエルは顔をしかめた。「出たら？ リーダーからの電話を逃しちゃ大変だぞ」

「ええ、ええ、そうですとも」リンジーは口の中でつぶやきながら受話器に手を伸ばした。「ジョエル・サザーランドのスタジオです」

「ああ、リンジー？ カリーよ。土曜のことで電話くれるって言っていたのに、どうしたの？」

「土曜日？」ちらっと目を上げると、ジョエルが何かぶつぶつ言っている。リンジーは受話器を手でふさいでジョエルにたずねる。「えっ？ なんておっしゃったの？」

「邪魔しちゃ悪いから向こうに行くって言ったのさ」

「ジョエル……」けれど、すでに遅く、ジョエルはスタジオに入ってしまった。あの顔からすると、マルコムからの電話だと誤解しているのだ。といっても、別に感情が絡んでいるわけではなく、ただ、ボスとして、プライベートの電話が気に入らないというのだろう。

「ごめんなさい、お邪魔だったかしら？」

「あら、とんでもない。カリー、ごめんなさいね、土曜日のことだけど」

「来ないっていうの？」

「そうじゃないのよ、電話を入れなくてごめんなさいって言ったの。一緒に行く人、見つかったわ」

「マルコム・リーダー？」

「残念でした。姉が週末に来ることになっているの。だから……」

「お姉さん？」思ったとおり、ひどく拍子抜けした声に、リンジーはにやっとした。「男の人だとばかり……」

「まあ、ジュディを連れていってはいけないの？」

「いえ、そんなことないわ。それじゃ、席順を変えなくてはね」

「悪いわね」

「いいのよ。なんとかするわ。でも、惜しいわ、マルコム・リーダーはあなたに関心があるのに」

「そのくらいのこと私が知らないと思う？」

「まさか……はねつけたの？　リンジーったら、あんまりがっかりさせないで。ハンサムでお金持で、それにセックス・アピールだって……」

　言われるまでもない。仮に状況が違っていたら、たぶん、引かれていただろう。でも、今はだめ、今、頭にあるのはジョエルだけなのだから。

「そうそう、ジョエルも来るって……でも、弟を連れてくるとは思えないけど！」

「だって、いないでしょう」

「いいえ、いたのよ。弟さんが一人。何年か前に亡くなったんですって」

こんなに大切なこともリンジーには秘密にしていたのだ。「そう……でも、あの人のことだから、連れてくるのはきれいな女の人に決まっているわ」

「リンジー……」苦々しい口調にカリーは言葉をとぎらせた。

「悪いけど、私、仕事があるの」カリーはいい人だし、どんな相談にものってくれるだろうが、今はそういう気分にはなれない。「それじゃ、土曜の晩にね」

週末、丸二日も一人きりでどうしようかと思っていた矢先、昨夜、ジュディから電話で、遊びに来るという。思いやりがあって気の回る姉のことだ、今のリンジーの気持を見越して来てくれるのだろう。

しばらくして、ジョエルと顔を合わせたが、電話のこともマリリン・ミルズのこともおくびにも出さない。どうなることやらとびくびくしていたリンジーは胸をなで下ろした。今朝のような衝突は二度とお断り、危ない話題はなるべく避けるようにしよう。

そして、やっと金曜日。もちろん明日の晩のことを思うと気が重いが、とにかくこれで二日間は一休みできるわけだ。

昨日よりもきげんの良いジョエルはマリリン・ミルズのファイルを返してよこすと、お昼に出かけた。ファイルをひとまずデスクの端に置いたものの、もう一度見てみたくてたまらない。でも、この前は現行犯を見つかってしまったし、万一、ジョエルが戻ってきたらどうしよう？

迷いながらファイルの方に手を伸ばした時、外のドアが開く音がして、文字どおりとび上がってしまった。けれど、入ってきたのはマルコム・リーダーだった。ほっとしたリンジーは顔中で笑いかけた。

「なんのごほうびかな？」ブルーのスラックスに濃紺のシャツ、マルコムはいつものとおりとてもハンサムだ。深いブルーの目が温かく笑いかけてくる。

「だって、あなたはジョエルじゃありませんもの」

安心したあまり、つい本当のことを言ってしまった。

「そうか、僕だと気がついていたんだね？」マルコムはいつものようにデスクの端に腰を下ろした。

「ええ、もちろん気がついていました」

「そうかなあ、そのわりにはジョエルを相手にした時と同じくらい油断がないような気がするけど？」

戸惑いに、ほおがほてってきた。「誤解ですわ、ジョエルはボスですから、それ相応の尊敬と……」

「それと油断しないこと？　彼は何をしたんです？二、三度君を追いかけ回したんですか？」

傍若無人もいいが、ここまでくると……。「ジョエルのスタイルじゃありませんわ、そういうのは」

「もっとも、そうだとしてもとがめられないな」マルコムは無造作に肩をすくめた。「僕だってやりかねないもの」

「とにかく、ジョエルはそういうことはしません。あの……ご用は？　ジョエルは今、お昼に……」

「ジョエルに会いに来たんじゃないことくらいわかっているでしょう？　どうです、僕たちも出かけませんか？」

「せっかくですけど、もう、すませましたので」これ以上言わせないでくれるといいのだが。

「どうしていつもすれ違うんだろうな？」

「前もってお電話でもいただいていたら……」

「結局は同じことじゃないかな？　どうやら僕とは絶対に出かけたくないらしい」

「いえ、そういうつもりでは……」

「彼もずいぶんひどい打撃を与えたものだ」

「えっ、だれが？」リンジーは思わず鋭い目をした。

「おや、これは？」マルコムはファイルからはみ出したマリリン・ミルズの何枚かの写真に目を留めた。

「すごい美人だな、だれですか？」

マルコムがマリリン・ミルズに興味を示した――ジョエルは喜びそうにないが――とにかく、さしあたりこれで話題を変えられる。「ただのモデルさんです」

返してもらおうと手をさし出しているのにマルコムは知らん顔、ファイルを開けて、次々と写真を見ている。「ただのってことはない、これはすごいぞ」

もちろん、すばらしい美人だというのには賛成だが、こんなことをしているところを見たら、ジョエルはどう思うだろう？

「うちの広告にぴったりだ。もう契約はすませたのかな？」

「いいえ、まずリーダーさんにご相談してからだと思いますが？」リンジーはマルコムの目を避けて、デスクを見つめた。

「これだ、こういう女の子が欲しかったんだ」マルコムは魅せられたように写真から目を離そうとしない。

「もう女の子じゃないと思います。だってその写真、何年も前のものですもの」

「いや、そんなことは構わない。どうしてもこの人でなけりゃ！」

こんなに夢中になるなんて……リンジーは目を丸くした。「どうぞ、ジョエルと話し合いをなさってください」見せなければよかった、大急ぎで写真をかき集めてファイルを閉じたが、もう手遅れだ。

「話し合うも何も……今度の〝魔力〟のイメージガールは見つかった。ジョエルが戻ったら、そう言っておいてください」

「私から伝えるよりご自分でおっしゃっていただけませんか？」

マルコムは一瞬、解せないというようにまゆを寄せたが、やがてうなずいた。「そうだな、君のデスクにのっていたものを勝手にのぞいたんだから、ジョエルが気を悪くする、そうですね?」

気を悪くする、くらいですめばいいのだが!

「あなたはそう簡単におっしゃいますけど」

「まあ、いいじゃないですか。さてと、このすばらしくきれいなお嬢さんの写真を見る前、なんの話をしていたんでしたか?」

「それは……あの、私にご一緒する気がないことをわかってくださって、お帰りになるところでした」

「なるほど、言いかえると、僕は関係のないことに首を突っこんでいた?」

「ええ、まあ……」

マルコムは肩をすくめた。「ジョエルに会いに後でまた来ますよ。それにしても、どうして僕は君の気に入らないんだろうな?」

「そんなことありませんわ、マルコム。ただ、ちょっとタイミングが悪いってだけです」

「そうか、残念だな、君のことをもっと知りたいのに」

「私はごらんのとおりの者です」リンジーは吐息をついているマルコムに温かくほほ笑みかけた。

「ごらんのとおりって、優しそうなきれいな人だ。本当に残念だな、一足遅かったなんて」

「それとも、一足早かったのかもしれませんわ」

「いや、やはり遅かったんでしょう。その男がだれにしろ、君は彼のことを忘れそうにないもの」

リンジーは悲しそうに目を伏せた。「わかっていただいてどうも」

「わかったわけじゃない、受け入れただけですよ。仕方がない、別の女性を悩ますとするか。さて、すっかりお邪魔してしまいましたね。では、後ほど」

ということは、マリリン・ミルズの件は忘れたわけではないのだ。

とんだことになってしまった。もしかすると、ジョエルもこの魅惑的なモデルを使う決心をしているかもしれないが、他人に決定されたとなると話は別、ひどくいやな顔をするに決まっている。それにマルコムの口ぶりでは、ジョエルには選択の余地がないという感じだし……。

夕方近くになって、マルコムが再び姿を現した。ジョエルにはすぐ取り次いだが、ちょうど撮影中で、しばらく待っていてほしいという返事だった。

「どんな件で来たかも言ってくれましたか?」

「いいえ」

「びくびくしている?」マルコムはからかいぎみにきく。

「ええ」

正直な返事を聞いてマルコムはにやっとした。

「いつでもやりにくいのかな、ジョエルって?」

「いえ、いつもってわけじゃありません」

「ほう?」好奇心をそそられたらしく、まゆがつり上がった。「なんのせいなんだろう?」

こんな質問には答えられるわけがない。もじもじしていると、幸いにもスタジオのドアが開いて話がとぎれた。

仕事をしているふりはしていても、全身これ耳といった感じ。いくら耳をすましても荒い声は聞こえてこないが、ジョエルがどんな反応を示すかはわかっている。そして、だれのせいにするかも。できることなら、このまま家に逃げ帰ってしまいたいところだ。

けれどリンジーは踏みとどまった。ジョエルのことだ、言いたいことがあればフラットまで押しかけるくらい朝飯前だろう。どうせそうなるのなら、今、ここで試練にあってしまったほうがいい。

四十分ほどしてスタジオのドアが開いた。マルコムのあの満足そうな顔からすると、すべて順調らしい。「大丈夫、全然かみつかれもしなかったよ」

「まあ、そんなこと思っていたんですか？」

「ああ、君の怯え方を見ていたからね」

リンジーはあっさり肩をすくめた。「こういう問題にどう対処するか予測がつかないんですもの、ジョエルって」

「完全な紳士だったよ」

そういう時こそいちばん危険なのに！　けれど、いくらジョエルでも怒りを顧客にぶつけるわけにはいくまい。となると、犠牲になるのは、もちろんリンジーだ。「とにかく、ご希望どおりになってよかったですわ」

「そうは言っていない、僕がそう言いましたか？」

「いえ……でも……」

「考えてみてくれるそうです」なんとなくしゃくにさわってたまらないという感じ。そう、マルコムもなんであれ思いどおりにならないと気がすまない――他人に〝考えてみてもらう〟などとんでもない――タイプなのだ。

リンジーが聞き耳をたてていた間、隣の部屋では激しい意志のぶつかり合いがあったのだ。表面はいんぎんに、けれど二人とも、一歩も引くまいと決心して。一見の価値があったろうに、惜しいことをした。「でも、ジョエルもご希望どおりにすると思いますけど？」

「そう思いますか？　どうかな？」マルコムは顔をしかめた。「でも僕としてはほかのモデルは考えられない。どうしてもマリリン・ミルズでないとね」

どうやらマルコムもマリリンの魅力のとりこになってしまったらしい。「そうおっしゃっても、もうモデルはやめているかもしれませんし」

「いや、やはり、ジョエルしだいですよ。もし引退しているにしても、引っ張り出す方法はいくらもありますからね」

思ったとおり、この人は穏やかな外見に似合わない強じんな意志を持っている。「こうと思ったら、あくまでやり抜く、そういう方なんですね？」

「まあ、そんなところかな」

にやっとしたところは男の子のよう、つられてついにっこりしてしまった。

五分と五分、いい勝負だが、もちろんジョエルの気に入るはずはない。リンジーはびくびくしながら、スタジオのドアを見つめた。普段なら、もうとっくに爆発しているところなのに……ここがいちばん不気味なところだ。かっとしてどなり散らされるのには慣れている、じっと嵐がおさまるのを待っていればいい。けれど、こう静まり返っていては、最悪のことを覚悟したほうがよさそうだ。

十分ほどして静かにドアが開いた。とうとう——諦めて目を上げると、思ったとおり、とりつくしまのないかたくなな表情に褐色の目が暗く陰っている。「ジョエル……」

「一段落ついたら帰っていいぞ」

「ジョエル……」

「もう、信用のできる秘書役は勤まらないっていうのなら、はっきりそう言ってくれ。この場で、辞めてもらってもいいんだ」

氷のように冷たい声にリンジーは息をのんだ。

「仕方がなかったのよ、勝手にファイルを……」

「仕方がなかった？　とんでもない、何をしているか充分承知していたはずだ！」

「誤解だわ！」

「誤解なものか！」火のような怒りが炎を上げ始める。「こんなことをして楽しんでいるんだろう？」

怒りをたたきつけてくるだろうとは思っていたが、まさか、こんな言いがかりをつけられようとは……。ほおからすうっと血の気が引いていく。「止められなかったの、ファイルからはみ出して……」

「そうか、わざわざ見せたんだな！」

「違うわ、そんなことするはずないでしょ！」

「なるほど、じゃ、あいつの魅力に目がくらんで、僕の秘書だなんてこと、すっかり忘れてしまったってわけか！」

「まさか……」

「前に一度、一緒に暮らしたことがあるから、どんなことをしてもいいと思っているのか？」

褐色の目が憎らしそうににらみつけてくる。たった一週間前のことではなく、何年も前のような言い方ではないか！「一度、一緒に暮らしたからって、あなたのことについてはなんの権利もないのはよくわかっています。そんなこと……一度だって思ったこともないわ！」リンジーは声をつまらせた。

「それがわかっているならいいよ」ジョエルはデスクにのしかかるように身を屈(かが)めた。「変に口を出されるのはごめんだ」

「マリリン・ミルズは使わないんですか？」

「気に入ったのを使う。マリリンが気に入ったら、もちろん使うさ。だれの指図も受けないぞ、決めるのは僕だ、わかったか！」

怒りにまかせて突っ走ってはキャリアに傷をつける、ということがわからないのだろうか？　ジョエルは今、大切な仕事を抱えているのだ。「マルコムは大事なお客だし……」

「いくらでも断れるさ」

「だけど、あれだけ大手の……」

「だからなんだ？　代わりのない人間なんていやしない」

「あなたもね」

「そう、僕もだ。リーダーをどうしても手放すまいなんて思っちゃいないよ」

「でも、気まぐれだなんて評判がたったら？」

「もう、たっているさ。でも次々に仕事はくる」

腹を立て前後の見境がつかなくなったジョエルは残酷に人を傷つけたい気分になっている。代わりのない人間なんていない、と言ったのは、マルコム・リーダーのことというより、リンジーのことをほのめかしたのだ。「でも、なんといってもリーダーさんは一流中の一流の顧客よ、怒らせては……」

「まあ、見守っていることだな！」

「マリリン・ミルズを使うって、それほどやっかいなことなんですか？」

「ああ、そうだ。どんなにひどいか君には想像もつくまい」

ジョエルは内心の動揺を物語るような重い息をついた。胸がきりきり痛んでくる。七年もたっているのにマリリンにはまだこんなに影響力があるのだ。

「よかったら、その方のこと聞かせて……」

「だめだ！」ジョエルはとびすさるようにデスクを離れた。「精神分析か？　よしてくれ。マリリンとのことはもう過去、君にもほかのだれにも関係ない、わかったか？」

「ええ」涙がこみ上げてきて、リンジーは慌てて何度もまばたきした。

「そのほうがいい」

「あの……私、今日辞めたほうがいいでしょうか？」

スタジオのドアのところで足を止めたジョエルはゆっくりこちらを振り返った。「君しだいだよ、どの程度僕の立場を理解しているかだ」

「いつもと同じ——いつもあなたの立場を理解しているわ」

「だったら問題はないわけだ」さんざん人を傷つけておいて、あんなふうにあっさり肩をすくめるだけですむものだろうか？

「マルコムがファイルを見たいきさつを説明させて

……。私……」

「マルコム？　どんな説明も聞きたくないね」ジョエルは唐突にさえぎった。「彼に関心を持つのは君の勝手だが、これからはマルコムとここで会うのはやめてくれ」

「関心なんか持っていないわ。あの人は好きよ、でも、一緒に出かけようとは思わないわ」

「君が何をしようと僕の知ったことじゃない」

「そうね」リンジーは低い声で言った。「あの……ミルズさんのことはどうしましょう？」

「何もしないでいい。その件は僕が片づける」

リンジーは上の空でデスクを整理し始めた。頭の中はジョエルの最後の一言でいっぱい、〝片づける〟というのは、マリリン・ミルズは使えないとマルコムに言うことだろうか？　それともジョエルが自分でマリリンに連絡をつけるということ？　もし、後者だったら……。

「調子はどう？　ずっと元気だった？」

「忙しくて」ジュディの心配そうな目を避けて、リンジーは床を見つめた。あれからすぐ駅に迎えに行って、やっと今、フラットに戻ったところだ。夕方のジョエルとの一幕はまだなまなましく、興奮はおさまっていなかった。

「ジョエルは？」

「ええ、あの人もすごく忙しいわ。私……あと三週間で辞めることにしたの」

「あら、仕事は続けるって言ってたんじゃなかった？」

「話し合って、辞めたほうがいいってことになったのよ」

「話し合って？　どんなふうに話し合ったの？」

さりげなく言えたつもりだが、敏感なジュディのことだ、大体のところは察してしまったのだろう。

「手も足も出ないのよ。今でもジョエルを愛しているわ。でも、あの人は相変わらずだし、私、それじゃやっていけないし」

「そう……まだ戻ってこいって言っているの？」

「今はどうかしら？　この一週間で何もかもがすっかり変わったの」リンジーはマルコム・リーダーのこと、そしてマリリン・ミルズのことをこと細かに打ち明けた。「全部私のせいにするのよ。あの人を傷つけるためにわざとやったんだろうって」

「それで傷ついたの？」

「そうね、先週、簡単に連れ戻せるつもりでやって来た時から思うと変わったわ。あの時は負けを認めてもいばっていたけど……今は何を見てもだれにでもくってかかるわ」

「複雑そうな人ね、一度会ってみたいわ」

「あら、会えるわよ」

「えっ、ここに来るってこと？」

「違うわよ。そうじゃなくて、明日の晩、ディナー・パーティーがあって、そこでってこと。大丈夫、私と一緒に行くんだから」

「そんな、電話では何も言わなかったじゃない」

「だって、そうしたら、なんとか言いわけを作って来てくれなくなるでしょ」

「でも、私、どうもロンドンのパーティーってあまり好きになれないから……」

「あら、一度も行ったことなかったと思うけど？」

「そうね。でも……言ってくれるべきだったわ」

「来てほしかったのよ、ジュディ、ねっ？」

「そうだったわね、ええ、もちろん行くわよ。けっこう楽しいかもしれないわね」

　ひどく頼りなげな声に思わず吹きだしてしまった。

「そんな情けない声出さないでよ」

「そう？　そんなつもりはなかったんだけど。でも、何か私に着られそうなドレスある？　パーティーなんて夢にも思わなかったから」

「そのことならまかせて。〝悪名高い〟妹がたくさん持っているものっていったらドレスくらいなんだから。ジョエルについていって人前に出ることが多かったでしょ、ドレスアップするのも役目のうちなのよ」

「じゃ、明日も役目を果たさなきゃね。ジョエル・サザーランドにびくともしていないところを見せてあげなさいよ」

「すてき！　そういうこと言ってくれるのはお姉さんしかいないわ」

そして翌日、二人は午後から美容院に行った。ジョナサンを亡くしてからほとんど人中に出たことのないジュディはだいぶ緊張しているらしい。姉のきゃしゃな美しさを引き立てるターコイズブルーのドレスを選んだり、リンジーはなにくれとなく気を遣って支度を手伝った。

リンジーは黒のドレスに決めた。控えめなえりぐりに比べて背中のほうは思いきってウエスト近くまでくれている大胆なデザインのものだ。

「そのかっこうでも知らん顔しているようじゃ、ジョエル・サザーランドのことは諦めたほうがよさそうね」田舎でおとなしいデザインのものしか見慣れていないジュディは目を丸くした。

「いいの。ほうっておいてほしいだけよ」

「だからそのドレスにしたっていうの？」

鏡を見ながら耳の後ろに黒いくしをさしていたリンジーはぱっと振り返った。「これ、ジョエルの大嫌いなドレスなの、一度しか着たことなかったけど、すぐ脱げって」ジュディのまゆがつり上がるのを見たとたん、ほおがほてってくる。「いえ、別のに着替えろってことよ」

「そう」

「同棲(どうせい)なんていうと、みんな、暇な時間は全部ベッドの中って思うらしいけど、私たちはそうじゃなかったのよ！」思いだすだけで胸がしめつけられるようだ。

「同棲といってもあなたは愛している人と一緒に暮らしていたのよ、ちっとも悪いことじゃないわ」

「でも、悪意にとる人もいるわ」

「大丈夫、リンジー？　なんなら行くのよし……」

「いいえ、行かなくては。行かないとおじけづいているように思われるってカリーに言われたけど、そのとおりだわ。出かけましょう」

どちらかというと遅れぎみで、二人が着いた時はもうお客がいっぱいだった。ジョエルはまだのようだ。よかった。人込みに入ってしまえば、ガールフレンドと現れるに決まっているジョエルと顔を合わせるのも楽になる。

「来てくれてうれしいわ。こちらがお姉様？　まあ、おきれいだこと！」

まんざらお世辞ではないらしいカリーの言葉にほおを染めたジュディを見て、リンジーは軽い笑い声をあげた。「そんなことを言ってジュディを困らせないで。姉は弁護士の秘書をしているの」

「まあ、モデルになったら、それこそ引っ張りだこなのに。とにかくどうぞ。二人も美人が来てくれて男性のお客様、大喜びだわ。今夜のお相手に紹介するわね」

「カリー……」

「言ったでしょ、なんとか数を合わせるって？　男性を二人お招きしたのよ、特別に」

「そんなにまでしなくてよかったのに」まさかこんなことになろうとは！　もっとも、少し頭を働かせれば予想のつかないことではなかった。

そして、最悪の事態。あそこでにこにこしているのはマルコム・リーダーではないか。けれど、マルコムの笑顔さえ、してやったりとほほ笑んでいるカリーの笑顔にはかなわなかった！

「こちらはリーダーさんのアシスタントのグレン・シューマンさんよ。じゃ、リンジー、楽しんでね」

「それじゃ、楽しむことにしますか？」黄色と銀のドレスをひるがえしながらお客の間を遠ざかっていくカリーの後ろ姿をにらみつけていると、マルコムの声がした。

「ここでお会いすること、ご存じだったのね？」

「いや、昨日、カリーに電話をもらったんですよ。文句を言いたいのは僕のほうだ」

「まあ、何かしました、私？」

「こんなにきれいなお姉様がいるなんて一言も言ってくれませんでしたね」

そういえば、さっきからずっとマルコムの視線はジュディにくぎづけになっている。ジュディも魅力的なマルコムに無関心ではいられないらしく、ティーンエイジャーのようにほおを染めている。こんなジュディを見るのは二年ぶりだ。

けれど、ドアの辺りが騒がしくなって、振り返った瞬間、ほのぼのとした思いは消えていった。ジョエルだ。パートナーは最近いちばんの売れっ子モデル、ジョアンナ・ハニーヴィル。長身でエキゾティックな雰囲気のジョアンナとジョエルでは人目を引くのも当たり前だった。

いくら騒がれようがどこ吹く風、ジョエルは退屈しきったように部屋の中を見回していたが、黒いドレスを着たリンジーを見たとたん、表情が変わった。以前、一度だけこれを着た時、体の線が出すぎて品がないとさんざん文句を言われたが、その時は、もしかしたらこの人にも人並に独占欲があるのかな、と思ったりしたものだった。

けれど今、褐色の目に浮かんでいるのは軽蔑だけ。マルコムとリンジーを見比べて、うそつき、と非難しているようだ。

なんて人、マルコムと会ったからといってとがめる権利などないのに！　ジョエルには関係のないこと。一緒に住んでいた時でさえ、一度も自分のものだなどとは言わなかったのだから、今となってはどうでもいいはずだ。それに、彼のほうはといえば、もう恋人同士だといわんばかりにジョアンナがしがみついている。いや、本当にそうなのかもしれない。この一週間、ジョエルは毎晩、女性と――女性たちとかもしれない――デートしていたらしい……。

「あのカップル、目立つな」

マルコムの声にリンジーはびくっと振り向いた。

ひどいショックを受けたところをジュディに見られてしまったかしら？　よかった、グレンと話しこんでいる。「ええ、本当に」無理にほほ笑もうとしたが、笑顔はこわばってしまった。「ジョエルはいつでもそこでいちばん美しい女性と一緒ですわ」

「それはどうかな？　でも、とにかくきれいな人だ。いやはや、極めつきのばかだって言われても仕方がないな、一週間も気がつかなかったとは」

「えっ？」

マルコムは油断なく目を光らしたリンジーに温かく笑いかけた。「まるで目が見えないも同然だった」

「ごめんなさい、なんのことだか……」

「ジョエルだったんだね？」

顔からさっと血が引いていくよう、リンジーはとっさにさし伸べられたマルコムの腕に全身でもたれかかった。「あの……かけません？　ここは少し暑いわ」

「いいとも」マルコムはジュディたちにうなずいて

合図すると、リンジーを支えたまま、バルコニーに向かった。

夕暮れが夜に変わろうとするひととき、ひんやりした空気が快い。二人は色鮮やかな日よけの下の椅子に腰を下ろした。

「こんなところに来るつもりはなかったんですけど」

「わかっているよ、でも、一休みして涼むのもいいさ」

「頭を冷やすってこと？」

「まあね。それにしても、なんてうかつだったんだろう！」

「どういうことかわからないわ」マルコムの目を避けてリンジーは顔を伏せた。

「すぐにわかっていいことだったのに、目の前に見ながらちっとも気がつかなかったなんてね」

「何を見ていらしたのかしら？　そんなに見るものなんてありました？」

「もちろん。ニューヨークで君のことを話していたジョエルの口調、それに一日も早く帰りたそうな様子だったし……」

「別に、私に会いたかったってわけじゃないわ」

「いや、そうに決まっている」マルコムは一人で納得したように何度もうなずいた。「そんなに急いでいるところをみると、すてきな女性が待っているんだな、ってからかったら、ものすごい剣幕でくってかかられたよ」

「そうでしょう？」がっかりしてつい吐息が出る。

「だから、私のことじゃないのよ」

「いいや、図星だから怒ったのさ、そうでなければ笑いとばすもの。なぜだめになったんだい？」

「だめになるようなわけがあった、ってずいぶん自信がおありのようね」

「だって、そうなんだろう？」

「ええ……でも、私のほうにだけ」

「そうかな？　ジョエルは君に無関心には見えなかったけど？」

　ここ何日かのジョエルの気違いじみた振る舞いのことを言っているのだ。リンジーはかすかにほおを染めた。「私を求めなかったとは言わないわ、求めているのは、いえ、いたのは知っているわ」

「過去形じゃないと思うよ」

「ええ、そうね、そうかもしれない」肩をすくめたリンジーは軽く吐息をついた。「だからって、どうしようもないの」

「何が？」

「私たち……うまくいかないのよ！」

　マルコムはにやっとした。「厳密にいうと、うまくいく人なんてどのくらいいるものかな？　愛って、こうだからこうってものじゃない。だれにもどうにもできやしないんだよ」

　そんなことは聞くまでもなくわかっている。感情というわずらわしいものに巻きこまれないためにジョエルがどれだけ残酷になるか、知っていながら愛してしまったのだから。「愛情は関係なかったの。六カ月間、ただ一緒に暮らしただけ……それが終わったのよ」

「なるほど」

「なるほどって、どういう意味？」

「じゃ、ジョエルと一緒に住んでいたんだね？」答える代わりに、マルコムは再び質問した。

「ショックなのね？　私みたいにおとなしそうな女性が男性と〝不義の生活をしていた〟なんて？」

「そう思えるの？　彼との生活が不義だったってことだけど？」

「ええ、そのとおりよ」

「ジョエルは初めての恋人？」

　どこまで立ち入ったことをきけば気がすむのだろ

う？「マルコム、こんな話は……」

「何も考えないで、答えてくれればいいんだよ」

促すようなまなざし、この人には話してしまってもいいのかもしれない。「ええ……」リンジーは震える声で言った。「でも、ジョエルはそんなことなんとも思っていないわ。最初のうちはスリルがあったでしょうけど……。あなたとジョエル、似たところがあるような気がする。あなたも一人の女性とずっとって感じがしないもの」

「それは誤解だよ」

「だって……」

「いや、僕に関してはってことさ。ジョエルはどうだか知らない、どんな問題を抱えているのか……」

「そんなものないわ」

「いいや、ある。ジョエルは何か手に負えない問題で苦しんでいるんだ。でも、僕は違う、四十一年も伴侶を探し続けてきたのさ。どんなにすてきできれいでも、ナンバー・ツーじゃだめ。僕だけのために生まれてきたような人でなければね」

「ロマンティストなのね」

「君だってそうじゃないか、見たところはジョエルのシニシズムにかぶれているようだけど」マルコムはひざに置いたリンジーの手を両手で優しく包みこんだ。「どうしてもジョエルでなければと思うんなら闘うんだよ。こんなふうにほかの女性にどうぞっていうようにほったらかしにしちゃいけない」

「わかっていないんだわ。だれとどう付き合うかを決めるのはジョエルなのよ、私じゃなくて」

「だから、さっきあんなにものすごい目で僕をにらみつけたのかな？」

リンジーはぱっとほおを染めた。「それは……私が悪いの、あなたとは会わないって言ったから。ここで会おうとは思っていなかったわ」

「君に無関心なら、どうして気にするんだろうな?」

「あなたにはわからないのよ」

「わかっていないのは君のほうだ。男性の立場で考えてごらん、今のジョエルはどうしていいかわからないんだ」

「そうらしいわね」

「ふざけないで、本当なんだ……」

「ああ、あなたたち、ここにいたのね」

バルコニーに出てきたカリーを見て、マルコムはさっと立ち上がった。「いや、ほんの二、三分、この美しいご婦人と二人きりになりたいと思いまして」

　ことが思いどおりに運んでいるというところだろう、カリーはにこにこしている。「じきにお食事なの。よろしかったらお入りになりません?」

「喜んで」マルコムはリンジーの手を取った。「僕の席はリンジーの隣にしてくださったでしょうね?」

「ええ、もちろん」

　マルコムもどういうつもりなのだろう? とはいえ、冷ややかな褐色の目に耐えるにはマルコムの支えがありがたかった。その褐色の目の持ち主は、自分はろくに口をきかないのに、いつも周りに人々を引きつけずにはいない人のようだ。今も華やかな群れに取り囲まれ、むっつり押し黙ったまま、ひっきりなしにグラスを口に運んでいる。

「彼、酔ったのかな? それとも面白くないだけ?」

　とぼけてみても始まらない。「いつもと同じよ」

「やれやれ、もう少しリラックスしたところを一度見たいものだ」

　知っている限りではジョエルがリラックスする、というか、他人に入りこむすきを与えるのは愛し合う時だけだった。

「ちょっと失礼、ジュディの様子を見てきます」敏感なマルコムに何を考えているか読み取られては大変と思い、リンジーは腰を浮かした。

「別に君の助けが要るとも思えないがな」

マルコムのいうとおり、ジュディは寛いだ様子でグレン・シューマンと何やら話しこんでいる。

「本当ね」ジョエルのことでひどく動転して、姉をほったらかしにしてしまったが、楽しそうにしていてくれてよかった。「でも、やっぱり行ってくるわ、いいかしら？」

「どうぞ、どうぞ」

ほおを紅潮させ、目をきらきら輝かしたジュディはいつにも増して美しかった。「大丈夫よ、グレンがお相手してくださるから」

「そうらしいわね」

「アメリカのご家族のお話をうかがっていたところ。お子さんが二人もおありなんですって」

「あら……」

絶句したリンジーの様子がよほどおかしかったとみえ、ジュディは明るい笑い声をあげた。「一刻も早くお帰りになりたいようよ」

「お姉様はとても聞き上手でいらっしゃいますね」

「まあ、存じませんでしたわ、いえ……その……」

なんだかばかにされたみたい。リンジーはうろたえながら姉の方を向いた。「じゃ、大丈夫なのね？」

「もちろんよ。でも……ジョエルってどの人？」

急に声をひそめたりして、グレンが好奇心をそそられたように見つめているではないか。「そのことは後で……」

「やあ、リンジー、僕にはこの方を紹介してくれないのかい？」

ほおが燃えるようにほてったかと思うと、次の瞬間、すうっと血の気が引いていく。ジョエルは一人だ。ただ、そこに立っているだけなのに、緊張感が伝わってくる。「あなたのほうこそ、お友達を紹介していただけない？」こんな憎まれ口をきくつもりはなかったのに、言葉がひとりでに出てしまう。

ジョエルは薄笑いを浮かべた。「ジョアンナは今、政治の話に夢中でね」視線を追っていくと、なるほど、今夜のホスト、デヴィッド・ロビンと話しこんでいる。

「二、三分暇ができたから、早速こちらに来て、ここでただ一人の知らない女性に紹介してもらおうってわけね。まあ、すてきだこと！」

「君……いったい……」

「あなたがジョエルね」険悪な雰囲気に、ジュディはそつなく手をさし出した。「ジュディ・ポープです」

「ポープ？」

「リンジーの姉ですわ」

一瞬、リンジーからジュディへと視線をさまよわせたジョエルは不意にチャーミングな笑顔を浮かべた。「リンジーはお姉様がこんなにきれいな方だとは一言も言わなかったんですよ。知ってさえいたら、一度、訪ねさせていただいたのにな」

なんて人だろう、リンジーを傷つけるために姉に取り入ろうとするなんて。

ジュディは穏やかに、けれど少しもひるまずに褐色の目を見つめ返した。「面白くもない一家ですわ、私たち。リンジーだけは冒険好きで……でも、いつも幸せな結果になるとは限りませんけど」

もちろん、すぐ、あてこすりに気づいたジョエルは表情をこわばらせた。「そうですか？」

「ええ、そうなんです」温かく笑いかけてはいるが、それでとげのある内容が変わるものではない。「お目にかかれて本当によかったですわ、サザーランドさん。これでいろいろわかりましたし。では、失礼いたします、もうお食事が始まると思いますので」

ジュディの退場はとても鮮やかで、何がなんだかわからず目を白黒させたグレンが慌てて追っていった。

感心したように、ジョエルは長いことジュディの後ろ姿を見送っていた。「そっくりだな、全然言わないんだから」

「それほど似ていないわ、髪だって……」

「そういうことじゃない」謎（なぞ）めいた表情を浮かべた黄金色の目がじっと見下ろしている。「しんらつなところがさ」

「まあ……ジュディは何も言ってはいないわ」

「ところが山ほど言ったのさ。気に入った」

「姉が聞いたら、さぞ喜ぶでしょうね」

「リンジー、なぜこんなふうに反目し合わなきゃならないんだ？　僕は君が欲しいし、君だってそうに決まっている」声が誘いかけるようなささやきに変わり、真剣な目が見つめている。「お互いに謝って、それでおしまい。僕のうちに帰ろう」

「うちじゃなくてベッドでしょ？」

「ああ」

リンジーの目が燃え上がった。「あなたはどんな問題でもベッドの中で解決できるのかもしれないけど、私のことだけはそうはいかないのよ！」

「いや、できると思うよ、今まではいつもそうしてきたしね」

「違うのよ、私の言いたいのは……」

「カリーが待っているよ、ハニー」いつの間にか傍らに来ていたマルコムがこれみよがしにリンジーの腕を取った。「やあ、ジョエル」プライベートな会話の邪魔をしたなどとは夢にも知らぬげに、ひどく屈託がない。「ガールフレンドが捜していたよ」

けれど、マルコムがいるのも構わずにジョエルはいきなりリンジーの腕をつかんだ。「なんだい、言いたいことって？」

それには答えず、「お食事？　すてきだわ」リンジーは真っすぐにマルコムを見上げた。「それじゃ、また後でね、ジョエル」ちらりと振り返って、軽い口調で言い添える。「ハニーヴィルさんもご一緒にね」

テーブルではマルコムの向かい側がジュディ、その隣がグレンという席順だった。

「元のさやにおさめようっていうんだろう、ジョエルは？」マルコムがささやきかける。

「ええ、まあ」テーブルの向こうの端、カリーとジョアンナにはさまれてジョエルが席についた。リンジーは目を伏せて、あいまいに言葉を濁した。

「君を手放したくないんだな」

「というより、ノーって言われたくないんだわ」

マルコムは笑いをかみ殺すように唇をゆがめた。

「きっと、初めての経験なんだろうな」視線を追っていくと、何人かの女性がジョエルの関心を引こうと仏頂面にもめげず、入れかわり立ちかわり話しかけている。

「そうね」うなずきながらリンジーはいらいらしてきた。

「だから、言ったのかい？」

「言ったって何を？」どうしてこの話ばかりしたがるのだろう？　なんでもいい、何か別の話に変えてくれればいいのに。

「ノーってさ。君がジョエルのもとを去れば、彼はどんなことがあっても君を連れ戻そうとするか、プライドを保つために次々と女性をかえるか、どっちかだもの」

リンジーは興奮を隠しきれないしぐさでグラスを口に持っていった。「どっちを選んだかは火を見るより明らかね！」

「それとも、選ばざるを得なかった、か。とにかく彼は大きな問題を抱えているな、手に負えないほどのね」

「それなのに、あなたのおかげでマリリン・ミルズの問題まで増えたわけね！」

「そうか、話題を変えようっていうんだね？ いいだろう、今夜はもう充分だ。それにしても、クールなマスクの陰でこんなに心が燃えているなんて、だれも思わないだろうな」

「ジョエルのこと？」

「君だよ。この難問がどうおさまるか見届けるためにアメリカに帰るのを日延べしてもいいくらいだ」

「まあ、お帰りになるの？」

「すぐってわけじゃないけど」

「そう。でも私たちのことで延ばすことはないわ。もう、終わってしまったんですもの」

「自信がありそうだね」

「ええ」リンジーは挑戦するように鋭く見つめた。

二人の目が絡み合い、しばらくしてマルコムは静かにうなずいた。「ジョエルのことはもう話したくないっていうんなら、何か面白い話をしようか？」

いくらこの話題はいやだと言っても、いったん決めたら後に引くマルコムではない、一晩中ジョエルの話題ではやりきれない、と思い始めていたところだったのでほっとした。「いいわ。たとえば、どんなお話？」

「ジュディのこと」マルコムは相変わらずグレンと楽しそうにしゃべっているジュディの方をちらっと見た。「ジュディのこと聞かせてくれないか？」

やはり、第一印象は当たっていた。マルコムは一目で姉に引かれたらしい。「私より二つ上で、動物やお年寄りにとっても親切なの。母と弟と三人暮らし、秘書をしているわ」

「そのくらいのことなら、本人に直接きいても教えてもらえるよ。僕が知りたいのは、なぜ、あんなに悲しそうな目をしているのか、ということさ」

鋭い人だ、リンジーははっと真顔になった。「それは直接きいて。ジュディが話す気になったらのことだけど」

「というと、僕もその〝お年寄り〟のうちに入ったらってことかい？」

情けない顔についにやっとしてしまった。「さあ、どうかしら？」

「いくらなんでもそんなことはないと思うけどな」

「でも、だからって、ジュディの信頼を得るようにやってみていけないことはないでしょう？」

「そうかな？　できると思う？」

急にいきいきと目を輝かしたマルコムを見て、リンジーはほほ笑んだ。彼は本当にジュディに引かれている。過去に悲しいめにあったことにすぐ気づくほど繊細な神経を持った人だ。もう一度、悲しい思いをさせようなどとは決して思うまい。「ええ、やってみる価値はあると思うわ。さ、お食事しなくちゃ」ファーストコースをすませていないのは二人だけだ。リンジーは顔を上げると冷たい褐色の目にぶつかって、どぎまぎし再びうつむいた。

マルコムのおかげで気が紛れていたが、目を合わせた拍子に、ついさっきのできごとがなまなましくよみがえってくる。あんなふうに人中で戻ってくるように言われるとは思ってもいなかった。だが、予期していたとしたら？　いや、どちらにしても答えは同じだったろう。いくらイエスと言いたくても……。

「食べながらでも話はできるさ」

黙りこんでいたリンジーはふっとほおを染めた。

「ごめんなさい、ちょっと考えごとを……」

「何についてかは大体見当がつくね」

「そういえば、いろいろ忠告してくださったのに、まだお礼も言ってなかったわね」

「とんでもない。もっとも、ジュディともっとよく知り合えるように手を貸してくれると助かるな」

「喜んで」リンジーはにっこりした。

食事はえんえんと続いた。今夜のお客はカリーのモデル時代の仲間とデヴィッドの友人の政治家たち、なんとも奇妙な取り合わせだが、けっこういい雰囲気だ。ジョエルがいなければリンジーもずいぶん楽しめたろうが、ジョエルはテーブルの向こう側、ちょっと動いても気になるし、ジョアンナの真紅のマニキュアの指が彼に触れるたびに、いちいち胸が痛むようでそれどころではない。

「生きながら食われているって感じだな」やっと食事が終わってラウンジに移ると、早速マルコムがささやいた。

「どうしようもないのよ」

「そうかもしれない。でも、彼にも同じ気持にさせてやれるんだがな？」

「手伝ってくださるっていうの？」

「いいじゃないか？　もう今だって、僕たちに猛烈に腹を立てているんだもの」

「でも、ジュディに誤解されたら？」ジュディといえば食事の間も、こっそり何度もマルコムの方を見ていたし、彼に話しかけられるたびに女学生のように真っ赤になっていた。

ブルーの目が温かく輝き始める。「本当に君のお姉さんは優しいいし、めったにいないほどのレディだ」

「ええ、そうよ。幸せになってほしいわ。だから……私たちの間に何かあるみたいにするとややこしくなるんじゃないかしらね？」

率直な言葉に、マルコムは一瞬あぜんとしたが、すぐに大きく顔をほころばした。「抜けめのない人だな、全く」

「姉が大好きというだけよ」

「僕にチャンスはあると思う？」

「私がかき回さないほうがずっとね」とは言ったも

ののジュディはジョナサンを失って以来、男性には目もくれないので、どんなものだろう？　もっとも、マルコムには引かれている様子だけれど。

「カリーに聞いたけど、ジュディは明日いっぱいこっちにいるんだって？」

「そうよ。何かいい知恵が浮かんだかしら？」

「明日、ドライブに行くっていうのはどうかな、三人で？」

「なぜジュディに直接きかないの？」

「たぶん来ないって言うだろうから」

普段、自信にあふれた人がこんな気弱なことを言うのを聞くと、気の毒でなんとかしてあげたくなってくる。「いいわ、どこかでお昼を食べましょうよ」

マルコムは身をのり出すと、唇に軽くキスをした。

「ありがとう」

何げなく辺りを見回すと、軽蔑をあらわにした目がこちらをにらみつけている。マルコムとしては、ジュディと親しくなるチャンスを作ってくれたリンジーへのお礼のつもりのキスだったのに。だが、感謝するにしてももっと控えめにしてくれればよかった！

「どう、初めてのロンドンでのディナー・パーティーのご感想は？」疲れていたので、フラットに戻ると二人は早々とベッドに入った。

「ええ、まあ、面白かったわ」

用心深い言い方にリンジーはまゆを上げた。「あら、楽しかったとばっかり思っていたのに。グレンと仲良さそうだったし」

「ええ」

リンジーは闇をとおして折りたたみベッドの方をすかして見た。「でも？」

「だって、あの人、ご家族がいるのよ、変なふうに誤解されるのは……」

「そんなことあるものですか。ねえ、マルコムのこと、どう思う？」

「すてきな人……らしいじゃない？」

「よかった。明日、マルコムとドライブに行く約束しちゃったのよ、実は」

「私も？」

「もちろん」

「グレンは？」

「さあ、何も言っていなかったわ」

「じゃ、私はよすわ。邪魔するのはいやよ」

「そんな……ね、マルコムのことだけど、本当のところはどう思った？」

「そうね、とっても魅力的な人だと思うわ」

「それならいいんだけど」

「それならいい？　ね、どういうこと、リンジー？　リンジーったら！」

もちろん寝たふりに限る。ジュディの気持もききだしたことだし、これ以上話を続けると、どうしてもジョエルの名が出るに決まっている。でも、今夜はジョエルの話はもうたくさん。マルコムと話しただけで十二分だ。そういえば、みんなより一足早くジョアンナと帰っていったが、今ごろは二人きりで……。

翌朝、約束どおりマルコムが誘いに来た。

「ああ、ごめんなさい、ちょっと前から頭痛がして」リンジーは残念そうに言った。

「まあ、リンジー、なぜ言わなかったの？　大丈夫よ、私がいるから」

「そんな大騒ぎするほどのことじゃないわ。二人で行ってきて」

ぴったりした茶色のスラックスにTシャツがよく似合うチャーミングなジュディは、もじもじしながらも、意外に強く言い切った。「だめよ、世話をする人が要るわ」

「本当に大丈夫、横になっていればじきに良くなるから。さ、早くジャケットを取ってきて。マルコムを待たせちゃ悪いわ」

マルコムの前でそれでも行かないとは言えず、ジュディはジャケットを取りに寝室に入ると、ばたんとドアを閉めた。

「本当に頭痛なのかい?」

「そうなの」そう、昨夜はよく眠れなかったし。

「ジュディは信じないだろうな」

「そうかしら?」

「ああ。でも、ずいぶん気性の激しい人だね」マルコムは気に入ったというように目を輝かして寝室のドアを見つめた。

「私たち二人ともそうよ。これでもまだやってみる勇気がある?」

「もちろんさ、おとなしくさせる方法はあると思うな」

けれど、寝室から出てきたジュディの表情からいくと……なかなか容易なことではなさそうだ。

しばらく気が紛れていたが、二人が出ていったとたん、リンジーはまたふさぎこんでしまった。いくら追い払おうとしてもジョエルとジョアンナの姿が浮かんでくる。あの腕の中にいるのは本当はリンジーのはずなのに……。

ソファーに横になってうとうとしたかと思うと、ドアのばたんという音がした。ぱっと起き上がったところへものすごい勢いでジュディが入ってきてそのまま寝室へ直行。マルコムはついてこない。さてはけんかかしら? やれやれ、あまりぞっとしたスタートではない。

腕時計を見ると、出かけてからまだ三時間、こんな短い間にこれほどジュディを怒らせるとは、マルコムも何をしたのだろう?

寝室に入っていくと、ジュディは荷造りをしているではないか。「何しているの、ジュディ？」

「見ればわかるでしょ？」

「でも、汽車は夕方よ」

「早いのにするから、私」

「どうして？」

荷造りの手を休めて、ジュディは神経質そうにベッドに腰を下ろした。「あなたはここの生活が気に入っているのよね、テンポが速くて刺激があって。でも、私はだめ、こういう生活もここの人たちも、とても理解できないわ」

「少し落ち着いてよ。なんのこと言っているの？」

はしばみ色の目から大粒の涙が一滴、こぼれ落ちた。「私のせいじゃないわ、気を引くようなことは何一つ……それなのに……」

「マルコムのことを話しているの、私たち？」

「決まっているでしょ。わからないのは、なぜあなたが私と二人きりで行かせたかよ。お母さんがジョエルには大反対だったから、今度はだれかを味方にっていうのはわかるけど、でも……」

「ちょっと、ジュディったら、なんの話をしているの？」まるで筋が追えない。まだ寝ぼけているのだろうか？

「あなたとマルコムのことよ！」

「マルコムと……私？」

「ええ、最初はとっても感じのいい人だと思ったわ。でも……言っておいたほうがいいんだわ、あなたのためですもの、それほど魅力的な人には思えなくなってきたのよ」

なるほど、少しのみこめてきた。「そう？」

「ええ、そうよ」

「あの人、何をしたの？　言い寄ってきたの？」面白がっては悪いのだが、つい口元が緩んでしまう。あの顔からすると図星。マルコムの〝おとなしくさせる方法〟はどうやら逆効果だったらしい！

「何がおかしいのよ、リンジー？　自分のボーイフレンドが実の姉に言い寄るなんて、どこが面白いの？」

「ちっとも面白いことじゃないわよ、それは」

「じゃ、そのにやにやした笑いはなんなの、私の気のせいかしら？」

「いいえ」

「リンジー……」

「待ってよ、マルコムは私のボーイフレンドなんかじゃないわ」またひとしきり文句が続きそうなのでリンジーは慌ててさえぎった。「とってもいい友達になってはくれたけど。マルコムがロマンティックな関心を持っているのはお姉さんのほうなのよ」

「私に……？」

「ジュディったら、わからないの？　ゆうべ、何度もあの人のことどう思うかきいたでしょ、忘れた？」

「あれはお付き合いに賛成してほしいのかと……」

「それもあるわ」驚いた、こんなにみごとに誤解するなんて。「私、あの人、とっても好きよ。お姉さんにお似合いだと思うわ、本当に」

「だめよ……」

「わかるわ、私たちみんな、ジョナサンを愛していたもの。でも、まだ二十四歳なのよ、ジュディ。一生思い出だけで生きていけやしないでしょう？」

「そんなことじゃないのよ」ジュディは声をつまらせた。「ジョナサンは真っ先に幸せになるようにって言ってくれるわ。ただ、私、マルコムにひどくばかなことしちゃったから……もう二度と顔を合わせるわけにはいかないのよ！」

「ずいぶん大げさね。とにかく何があったか話してみて」

「あの人、とっても親切で優しかったの、度がすぎるくらいにね。だから、私、その分よけいそっけなくしたわ……」

「私のためを思ってね？　なるほど」

「ねえ、まじめに聞く気がないんなら……」

「とんでもない、まじめもまじめ、大まじめよ。あんなにものすごい勢いで入ってくるなんて、よっぽどのことがあったのね？」

ジュディはどぎまぎして顔を伏せた。「あの人……キスしたのよ」

「自然な成り行きだと思うけど？」

「それで……ぶっちゃったの」

「まあ！」リンジーは吹きだしたいのをやっとの思いでこらえた。マルコムはどんな顔をしたろう？　たぶんどんな顔をする間もなかったに違いない！

「さんざんひどいことを並べて……よく意味のとおらないことまで言っちゃった。それから、すごい勢いですぐ家に送ってって……ねえ、そのにやにや笑いをよさないと、あなたもぶつわよ！」

「驚いた、今日はものすごいのね！」怖い顔を見ているうちに笑いはひとりでに引いていった。「あの人、お姉さんのことってもすてきだと思って、だからキスしたのよ」

「知らなかったもの、そんなこと！」

「はっきりしていると思っていたわ、私」

「はっきりしていたのはゆうべ一晩中、あなたたちがとっても仲良さそうだったってことよ、二人きりになりたくてバルコニーに出たりね。キスまでしていたじゃないの？」

「あれはね、お姉さんと知り合いになりたいって言うから、手を貸してもいいって言って、そのお礼のキスだったの」

「私にそんなことわかるはずないでしょ！」

「もうわかったでしょ？　で、どうするつもり？」

「別に」

「ジュディ……」

「仕方ないわ、あの時はこうでしたから、なんて説明できるものでもないし」

「マルコムは気にしていないわよ」

「でも、私は気にするわ。ひどくばかなことをしてしまったんですもの。この上また会うなんて……恥の上塗りみたいなことするのはまっぴらよ」

「じゃ、なんにもなかったような顔してうちに帰るの？　強情すぎるわ、ジュディ」

「強情？　私が？　あなたはどうなのよ、ジョエルのことで？」

「ジョエルのこと？」

「二人とも、お互いに夢中なのに……」

「でも、それは愛じゃないわ」

「愛の始まりってことも……」

「六カ月たったのよ？　あの人のほうに愛はないわ」

「あなたの口ぶりからいって、ベッドの中のことにしか興味のない自分勝手な怪物みたいに想像していたけど……」

「そう、そのとおりよ！」

「ばからしい！　あなたがマルコムと外に出ていた十五分くらいの間、ジョエルはバルコニーのドアから目を離そうともしなかったわ。あれがセックスにしか関心のない人のすることかしら？」

「ジョエルの肩を持とうっていうの？」

「なんだか気の毒なのよ」

「同情する必要はないわ、ジョアンナ・ハニーヴィルみたいな人と一緒なのよ」

「彼女のことはなんとも思っていないわよ。そばにいるのにもろくに気がつかなかったみたいだったもの」

「私はよく気がついたわ。ジュディったら、味方だと思っていたのに。それに、あの人のこと気に入らなかったんじゃないの？」

「少しは妹のために苦いことも言わなきゃと思っただけよ。だからってジョエルを嫌いってわけじゃないわ。あの人には何かあるのよ、とっても苦しいことが」

さっと立ち上がったリンジーはいらいらと歩き回り始めた。「どうしてみんな、ジョエルが何か問題を抱えているみたいに言うのかしら? ただのエゴイストなのに」

「だって、ただのエゴイストじゃないからよ。あなただって本当はそう思ってはいないでしょ?」

それはそうだが、今ではマリリン・ミルズがその原因だということを知っている。「お説教はいいわ、どうしても強情を張ってマルコムとも仲直りしたくないっていうんなら、どうぞお好きに。私、けんかしてまでなんとかしてっていう気はないわ。ジョエルの話もよしましょう」

「ごめんなさい、リンジー」妹の興奮した様子にジュディはすぐに折れた。「口を出すつもりじゃなかったのよ。ただ、悲しそうなところを見たくなくて」

「大丈夫、ちゃんとのり越えるから」

でも、これは空約束、そんなことができないのはわかっていた。ジョナサンのように死に奪われたというなら話は別で、また新たにだれかを愛せるかもしれないが、手の届くところにいながら心は遠く離れて、というのではとても無理だ。

唯一の慰めは――本人はまだ気づいていないが――ジュディが別の愛情を見つけたということだった。ほおをぴしゃりとやられたくらいですごすご引き下がるマルコムではない。彼なら母も大喜びで家族の一員に迎えるだろう。

5

「どうだい、人生が楽しくなったかい?」月曜の朝、オフィスに入ってくるなり、ジョエルはかみつくように言い始めた。

「どういうことでしょうか?」何を言いだすのだろう? リンジーは用心深く言った。

ジョエルはデスクの端に腰を下ろしてしまった。ぴったりしたグレーのスラックスと黒いシャツ、なんだか怖いようだ。

「僕と暮らしても面白くも楽しくもないって言っていたようだけど?」

「そうはっきり言ったわけじゃ……」

「君、言ったろう、僕と一緒に行ったところはちっともわくわくするようなところじゃなかったって。マルコムはそういうところに連れていってくれたのかい?」

「ジョエル……」

「それとも、あいつといればそれだけでわくわくするのか?」ジョエルは冷たくさえぎった。「とにかく、待遇が違うな、僕には一度もいいって言わなかったことをもうあいつには許してやっている」

「なんの話しているの?」

「君のところに泊まったじゃないか!」

「ばかなこと言わないで!」とんでもないいいがかりに、ほおからすうっと血の気が引いていく。

「昨日の朝、君のフラットの前に車が止まっているのを見たんだ、違うって言ってもむだだよ」

ジョエルのフラットは町の反対側だから、偶然とおるということはまずあるまい。それともジョアンナ・ハニーヴィルはリンジーの近所に住んでいるのだろうか?「みんながあなたと同じことをすると思われちゃ困るわ。車はあったかもしれないけど、マルコムは泊まってなんかいません。三角関係なんてぞっとしないもの」

「どういうことだ?」

「姉が泊まったの。私のところはマルコムまで泊めるには狭すぎるわ」

ジョエルは一瞬、ぽかんとした顔をした。「それじゃあ……あの車を見た時、僕がどんなことを想像したか……」

「わかるわ」リンジーは吐息をついた。「あなたがどういう人か知っているもの」

「リンジー……」

つかまれた手を振り払って、リンジーは燃えるような目でにらみつけた。「触らないで!」

「いや、謝ろうと思っただけだ」ものすごい剣幕に気おされたらしく、さすがのジョエルもたじたじとなった。

「いいわ。コレットがスタジオでもうずっと待っています」

一人になったとたん、全身の力が抜けていく。フラットの前にマルコムの車があるのを見て勝手な想像をするなんて! あんなに朝早くなんの用があったのか知らないが、とにかく、ジョエルにとやかく言われる筋合いはない。

誤解も誤解、昨夜のマルコムの電話でも聞かせてやりたいところだ。取り返しのつかないことをしたと言ってひどく取り乱していて、ユーモラスな行き違いをいくら説明しても、まるで、わかろうとしなかった。とうとうさじを投げたリンジーはジュディの電話番号を教えて、後は二人にまかせることにした。ジョエルとのことすら手に余るのだ、人の問題にまでかかり合える余裕はない!

三週間の間に次の仕事を探さなければならないの

だ。本腰を入れて求人案内を丹念に探したが、これもなかなか容易なことではない。やっと二件ほど面接を受けるところまでこぎつけ、ほっとした。実家に帰るのだけはさけたかった。

七時すぎ、フラットに入ると電話が鳴っていた。ここのところ残業続きだ。残業には慣れているが、以前には遅くなると二人でゆっくり夕食という楽しみがあったのに、今は……。

「裏切り者!」開口一番怒りの声だ。

今日は一日しかめっ面だったが、これで少しは笑いを取り戻せそうだ。「まあ、ジュディ、わざわざ週末のお礼に電話なんかしてくることなかったのに。私だって楽しかったわ」

「今も、もちろん楽しいでしょうね?」

「あら、どういう意味?」

「今、マルコム・リーダーが居間にいるのよ、お母さんをうっとりさせているわ!」

さすがはマルコム、一刻もむだにしなかったわけだ。「じゃ、今は台所の電話から?」

「そうに決まっているでしょ! 一日中、オフィスへ電話攻めにするだけじゃ足りなくて、オフィスから戻ると家で待っているじゃないの! あきれたことにお母さんには私の友達って言ったのよ!」

「違うの?」

「違うわ!」

こんなふうに他人に振り回されたことのないジュディはすっかり面くらっているのだ。つい、少しばかりからかいたくなってしまう。「ブライドメイドのドレスの色を決められる前に、居間に戻ったほうがいいんじゃない?」

「あなた、ブライドメイドになろうと思っているんならお断りよ!」

がちゃりと恐ろしい音をたてて受話器がたたきつけられると、リンジーはにやっとした。あんなことを言って、マルコムとのことを認めるも同じだという ことにジュディは気がつかないらしい。マルコムが母を魅了している様子が目に浮かぶ。お金持で気さく、義理の息子には理想的なタイプ——ジョエルとは正反対だ。

ジョエル。何を考えても、結局、ジョエルのところに戻ってしまう。もっとも、翌日、面接に行きたいので早退させてほしい、と言った時の剣幕からすると、どうやら、リンジーはジョエルのこと以外考えてはいけないらしい。

「まだ辞めたわけじゃないんだぞ！」

「でも、こういう時、たいていのボスは……」

「僕はたいていのボスじゃない。このくらいのことはもう、のみこんでいると思っていたんだが。君が新しい仕事探しに出かけている間、僕一人でここを全部やれっていうのか？」

「どうしてもだれかがいないとだめですか？」こういう時に口答えをするには勇気が必要だ。

「そういえばそうだな。君の来る前は一人でなんとかやっていたし、君の辞めた後もどうにかするだろうから」

二重の意味はちゃんと通じた。もちろん、ジョエルの生活でそれほどの位置を占めていたとは思わないが……。「早退していいんでしょうか？　もし、なんでしたら、その代わりにお昼休みをなしにしますけど？」

皮肉な言い方にジョエルは唇をゆがめた。「僕の気がとがめればいいってところか、リンジー？」

「今までは僕のことをしてもなんにもならないわ！」

「そんなことをそれほどのエゴイストとは思っていなかったはずだ」

「そうでしょうか？」

「そうさ、でなければ僕のところに移ってきたりしやしなかったろう？」

「見たかっただけかもしれないわ！」

「見たかった？」ジョエルは穏やかに繰り返した。穏やかすぎて不気味だ。

「ええ、すばらしい恋人、ジョエル・サザーランドの評判が本当かどうかをね」

「そういう口のきき方は君らしくないな。それから、うそもだ」

リンジーははっと体を硬くした。「どうして私がうそをつかなきゃならないの？」

「僕にわかるはずないだろう？　それに僕は君のことをいったいどれだけ知っているっていうんだ？」

突然、こんなことを言いだされて、すっかりうろたえてしまった。「でも、私は見たとおりよ、どのページも自由に読める本みたいにね」

「一度、読みかけたがね、最後まで行けなかったよ、この〝戦争と平和〟は」

「私、自分がそんなに退屈な人間とは思っていなかったわ」

「退屈なんじゃない、ひどく複雑だってことにやっと気がついたのさ。さっさと面接に行きたまえ。だめだと言ってもどうせ行くんだろう？」

「いえ、もし、いけないっていうんなら……」

「とんでもない、ぜひ、別の仕事を見つけてほしいな。ところでなんの仕事かな？」

「秘書です」

「あまり言いたくないらしいね。でも、僕の推薦状が要るんじゃないか？」

そういえばそうだった。「ええ、広告代理店です」

「どこ？」ロンドンで一、二といわれる代理店の名を言うと、ジョエルは何度もうなずいた。「もっと平凡なところを探すと思っていたんだがな？」

「選べる立場じゃありませんから」

「だったら、どうしてここにいないんだ？」

「だって、そんな……無理です」

「ばかだな、ロマンスがちょっともつれたからって良い仕事を捨てることはないのに」

「私たちのはロマンスなんてものじゃないわ。それに、辞めるのは本当なら六カ月前にしなけりゃならなかったことだし」

「やっぱりばかだよ、君は」

「そうなんでしょうね」

「強情なばかさ」

リンジーはかすかに唇を緩めた。「五十歩百歩じゃない、ジョエル?」

「そうかもしれないな。後で君のこと、ポール・ロバーズに電話しておこう」

ポール・ロバーズがこれから面接に行く広告代理店の社長だということは知っていたが、ジョエルが彼と親しいらしいのは初耳だ。「あら、そんなことはしないで」

「どうして?」

リンジーは硬い表情のまま肩をすくめた。「なんて言うおつもり? 私が有能な秘書で、仕事以外の残業もいやがらないって?」

「リンジー……!」

「でも、事実でしょう?」

「オフィスの外での僕たちの関係は他人の知ったことじゃない」いくらか青ざめたジョエルは歯の間から吐きだすように言った。

「そうよね、私、なんてばかなのかしら! 今までだって私たちのこと、だれにも言いたがらなかったんだから今になってそんなこと言うはずないもの」

「リンジー……」

「早退を許可してくださってどうも」リンジーはきっぱりとした口調でさえぎった。「推薦状もお願いします」

「リンジー」静かな、けれど力のこもった声に、リンジーはドア口で足を止めた。「別にわざと二人の間柄を隠そうとしていたわけじゃない。ただ、こういうことが広まると、君がいやな思いをするんじゃないかってそれだけだったんだ」

「気を遣っていただいてありがとう。でも、決心したうえでのことだったし、私、恥ずかしくなんかなかったわ！」

「どうしてそういちいち取り違えて解釈するんだ？」ジョエルは重い吐息をついた。「面接、幸運を祈るよ」

その日の夕方、ロバーズ広告代理店に着くと、すぐにポール・ロバーズのもとに案内された。五十一、二歳というところ、高価なスーツをぴたりと着こなした長身のポールはものうい雰囲気を漂わせたダンディだ。「ジョエルのところにいらっしゃるんですね？」

「はい」

「彼はべたぼめだ。それなのになぜ、辞めたいなどとお考えなんです？」推薦状から顔を上げたポールは探るように目を細めた。

当然、尋ねられることだが、ものうげな、とはいえ、油断なく値踏みするようなまなざしで見つめられると、質問のニュアンスもおのずと変わって、なんともいやな感じだ。「何か少し変わったことをしてみたいと思いまして」紋切り型の返事、これならいちばん当たり障りがないだろう。

「この不況に？　何かもっと別の理由があるんじゃないかな？」

あの目つきからして、何か下心がありそうだ。

「いいえ」リンジーは必要以上にきっぱり言った。

「ジョエルは仕事のしにくいボスだ、とか？」

気のせいではない、細められた目がウエストの辺りをなめ回すように見つめている。リンジーは急にかさかさになった唇を神経質そうに湿した。「サザーランドさんはとてもいいボスですわ」

「でも、辞めようとしている？」

やはり、間違いない。ジョエルとのことを知っているとほのめかしているのだ。「ええ、辞めたいと思っております。それでこちらが秘書を募集していらっしゃるのを知りまして」

「そう、私の秘書をです」

さっと青ざめたリンジーはデスクに置かれた二人の大きな息子と妻の写真にちらりと目をやった。

「紹介所の話ではたしか重役の方の秘書ということでしたが？」

「そうですか？」ポールはいっこうに動じた様子も見せず、けろりと言った。「だが、あなたは私の秘書に必要な資格を残らずお持ちのようだ」

「ロバーズさん……」

「いや、ポールと呼んでください。私たちは良い友達になれそうな気がしますよ」

そこが怖いのだ！　さっき断ったから、ジョエルは電話しなかったはずなのに、この人は過去のことを知っているらしい。そうでなければ、こんななれなれしい態度をするはずはない。

リンジーはさっと立ち上がった。「何か行き違いがあったようなので、ロバーズさん……」

「ほう？」とたんに表情が険しくなった。こうなると、もう魅力的どころか、老けてひどく冷酷そうに見える。

「ジョエルの……いえ、サザーランドさんのところを辞めたいのは、将来性のある仕事を、と思ってのことなんです」こうなったらこちらも裏に意味を含ませて言った。「ロバーズさんの秘書では前と少しも変わりありませんから」

これでぺしゃんこにしてやるつもりだったのに、逆効果、ポールは再び自信ありげにほほ笑んだ。

「いろいろな条件に合格して、私にとって欠くことのできない人になったら、秘書からアシスタントに昇進のチャンスもあるが、どうです？」

「いいえ、私には無理だと思いますわ」〝いろいろな条件〟がどういうものか、大体の察しはつく。なんてこと、一人の男性を愛して一緒に暮らしたというだけで、色めがねで見られてしまうとは。「考えが変わりました。私、興味がなくなりましたから」

ポール・ロバーズは肩をすくめた。「あなたのように野心家の女性にはちょっとしたおまけがつくっていうのも悪い話じゃないと思いますがね」

今までベッドを昇進の道具に使ってきたという意味なのだ！「今の私の唯一の野心といえばそのにやにやした笑いをふき消してしまうことですわ、ロバーズさん」怒りと興奮で目をぎらぎらさせたリンジーは軽蔑（けいべつ）しきったように相手をじろじろながめ回した。「あらゆる面でジョエルの代わりができるとお考えのようですわね？　確かに私には野心があるかもしれませんけど、あいにく、それほど困っているわけじゃありませんのよ！」

「なんて言い草だ、この……」

「失礼します、ロバーズさん。次の候補者の方にでも、もう一度お試しになるんですわね」とても無理だ、と言外ににおわせるのを忘れず、肩をてびやかしたリンジーはドアに向かった。

外に出たとたん、気が緩んで体が震えてきた。愛情からではなく野心と欲でジョエルと関係したように思われたとは！　こんな屈辱的な思いをするのは初めてだ。今はとてもジョエルに顔を合わせる勇気はない。もう四時半だし、オフィスに戻らなくても面接が長引いたと思ってくれるだろう。

やっとの思いでフラットにたどり着いて一時間ほどしたころ、電話が鳴った。だれとも話したくない。ショックのあまり涙も出ず、ベッドに横になったリンジーは乾いた目で十五分置きに鳴りだす電話を見つめていた。

そして、七時すぎ、やっと電話が静まったかと思うと、今度はドアのベルだ。息を殺していても、いっこうに鳴りやみそうにない。

やはり――まさかとは思ったがジョエルだった。

「出かけていて留守だとは思わなかったの？」

「そう思ったさ」ジョエルは傍らをすり抜けるようにどんどん室内に入ってきた。「だから、来る前にロバーズに電話した」

「あなたも私がロバーズの秘書になるとついてくる〝ちょっとしたおまけ〟につられると思っていたの？」

「君は世間知らずなところがあるから、あっさり彼の魅力のとりこになるんじゃないかと思っていたよ」

「まあ……あの人がどんな人か知っていたのね？」

「まあね、ここ何カ月かの間に百八十度変わりでもしない限りはね」

「それなのに止めてもくれなかったなんて！」

「でも、たかが仕事だろう？」

「あの人の秘書よ」リンジーはかっとしてさえぎった。「しかも、プライベートな面でも気に入ったらアシスタントに昇格させてくれるんですって！」

ジョエルは不意に黙りこんでしまったが、やがてうなるように「そう言ったのか？」ときいた。

「ええ」

「あいつ！」吐きだすようにつぶやいたジョエルの目は怖いほどぎらぎら光っている。「なぜオフィスに寄って僕に言わなかったんだ？　うまくいって、お祝いでもしているとばっかり……。そうか、だから、ポールのやつ、あんなふうに言ったんだな」

「なんて言ったの？」

「君はいい線をいっているが、充分とはいえないって」ジョエルはいまさらのように腹立たしげに言った。「どういうことかわからなかったよ。秘書としては一級だし、推薦状だっていいことずくめだったのに」

「推薦状の内容を仕事とは別の面についてだと思ったんじゃない、あの人？」

「でも、まさか、僕たちのことを……」

「知っているみたいな口ぶりだった。いえ、はっきりそう言ったわけじゃないけど……十二分ににおわせたわ。私たちのこと、ずいぶんうわさになってるみたいじゃない？」さっきからずっと胸の中にわだかまっていたことを思いきって口にしたが、声は情けなくかすれていた。「よくある話でしょ、キャリアのためにボスと……」

「そんなのじゃない」

「そうかしら？　私たちみたいなカップルはみんな言うのよ、〝そんなのじゃない〟って」リンジーの声はますます苦々しげになっていった。「この一、二時間考えたわ。現実を受け入れようと思うの。ジョエル、あなたもそうしたら？」

「僕たちはそういう関係じゃなかった、絶対に。いいかい、まず僕には妻がいない、二人ともどう生きようと自由なんだ。それに、君のキャリアにはなんの影響もない、君は今の地位以上になりようがないんだから。もう一度、六カ月前に戻って決心するとしたら、僕は同じことをする、君は、どうだい？」

「こんな問題、二度と起こるはずないわ」リンジーはきっぱり言った。「だって、もう、こういう侮辱は断じてお断りですもの」

ジョエルは、無理もないというように何度もうなずいた。「でも、なぜ、ポールが知っていたんだろう？」

「知らなかったのかもしれないわ。だけど、私が、すべての面であなたの代わりができるわけはないって言った時、気づいたのよ」

「本気でそう言ったの？」

ふっと黄金色に輝き始めた目を見て、リンジーは気むずかしそうにまゆを寄せた。「もちろんよ、しばらくの間、あなたは私にとって大切な人だったもの」

「しばらくの間、か」ぽつりとつぶやいたきり、黙りこんでしまったが、やがて、「夕食はすんだの？」

「そんな気にはなれなかったわ、それに着替えて外に行くという気分でもないし」

「出かけようなんて言っていやしないよ」とんだ先回りにほおを染めたリンジーに、ジョエルはにやっとした。「僕の料理の腕だって、なかなか……」

「オムレツね」

「でも、君だってろくに料理してくれたことなかったと思うけど？」

「それは……メイベリーがいたもの」

「でも、今はいない」

「お料理したい気分じゃないのよ」

「じゃ、オムレツでも文句言わないこと」

「本当におなかすいていないのよ」

けれどジョエルはもう台所に姿を消し、じきにあちこちかき回す音が聞こえてきた。仕方がない、手伝うよりなさそうだ。

「どうだい、少しは気分良くなった？」チーズのデザートの最後の一きれが消えるのを見て、ジョエルは満足そうににっこりした。

良くなった、とも、そうでもない、ともいえる。食事をしたおかげで気分は落ち着いたが、そうなると、いっそうジョエルのいるのが気になってくる。無事なのを見たらそれで帰っていいはずなのに、なにをぐずぐずしているのだろう？

「リンジー？」空いた皿を集めながら、ジョエルは問いかけるように目を上げた。

「ねえ、なぜ、こんなことをするの？」

「汚れた皿を山積みにして帰るわけにはいかないか

らね」ジョエルはわざと誤解したふりをして、皿を手に立ち上がった。「ワインを持って居間に行っていてくれ、すぐ行くよ」

ジョエルが洗い物を？　家事は彼の苦手の一つなのに？「手伝うわよ」

並んで黙々と洗ったりふいたりしながら、リンジーは依然として考えこんでいた。デートがなくて所在なさのあまりやって来たのだろうか？　それとも、何か目的があって？　どちらにしてもいいことはなさそうだ。

「さあ、ワインだ」

居間のソファーに落ち着いたリンジーはさし出されたグラスに口をつけた。体が温まり溶けていくような気がするのはワインのせいではない、それは傍らにいるジョエルのせいだ。また彼の織りなす魔法の網にかかってしまいそう。顔を見ればののしり合っていたこの十日間が一瞬の間に遠くかすんでいく。

「ジョエル……」

「寂しかったよ、リンジー」グラスを二つともテーブルに置いたジョエルは、その手でリンジーを抱き寄せた。「君がいたころはベッドがあんなに大きいとは思わなかった」

そして、夜がこんなに長いものだということも！　唇が重ねられたが、そのキスは二人が今までに築き上げてきた豊かさを、もっと深めるものだった。長い間、必死に押し殺そうとしてきた感情が、いちどきに爆発したようで抑えることはできない。

「君を見せてくれ、リンジー、なんてきれいなんだ」暗く陰った目が滑らかなのどから胸元へとさまよって、やがてジョエルは絹のような肌に顔をうずめた。

もやのかかったような頭の中に、鋭い電話の音が少しずつ割りこんできて、夢見心地が消えていく。

「こんなサディスティックなものってほかにない

な！ ロマンティックな瞬間をめちゃめちゃにしなきゃ気がすまないらしい」

リンジーは震える手でシャツのボタンをかけながら、あいた手で受話器を取り上げた。ロマンティックですって？ そんなものはかけらもありはしない、二人は絶望的に相手を求め合った、ただ、それだけではないか。

「リンジーかい？」もたもたしていたので、マルコムはナンバーを間違えたと思ったらしい。

「ああ……ごめんなさい」細められた黄金色の目がじっと見つめている。これでは話が上の空になっても仕方がない。「お元気？」

「ああ、ものすごくね」マルコムは本当にうれしそうに声がはずんでいる。「ジュディと初めてのデートだ。これから迎えに行くところなんだよ。一応報告しておこうと思ってね」

「そう、よかったわね！」とてもすてきなニュースだが、こんなふうに見つめられているのではスムーズに受け答えもできない。「それじゃ……引き止めても悪いから」

「どうかしたのかい？ なんだか変だな、そわそわしているようだけど？」

そわそわしているわけではない。だが、目の前でジョエルがシャツを脱ごうとしているのでは、平静にしていろと言われても無理だ。「なんでもないわ……実は、今、お風呂に入っているところだったの」

「そうか、それは悪かったね。今日の結果はジュディから報告が行くと思うよ」

「そうね」髪に顔をうずめたジョエルに後ろからしっかり抱きしめられていては――陽気な笑い声に調子を合わせる余裕はなかった。

「また、電話するから、ジュディがどう思っているか教えてくれるだろう？」

「もちろんよ。あっ……！」耳元に唇を感じて、思わず悲鳴をあげてしまった。「あの……それじゃね、ちょっと寒くなってきたから」

「寒くなったって？　その反対じゃないのかい？」

受話器を置くと同時にジョエルが笑い声をあげた。

「そうね、でも、目の前であんなことするなんて」

「楽しかったよ、けっこう。だれから？」

「ああ、友達よ」今は魔法の時、せっかくのこの一瞬を壊したくはない。「とにかく、今のストリップショーはひどかったわ」

「せっかくいいムードだったのに、電話なんかにぶち壊されたくないと思っただけさ。後は……君にやってもらいたいな」

「あなた……悪魔みたい」

「そうかもしれない。ねえ、今夜はここに泊めてくれるだろう？」

6

いいわ、と言う代わりに顔を上げると、すぐにまた唇が下りてきた。素肌に感じる感触、長い断食の後、初めて食べ物を与えられたように、リンジーはその感触を夢中で味わった。

キスは深まり、全身が暖かさに包みこまれていく。

「こうしたかったんだ、リンジー。君もそうだったって言ってくれ」

「あなたが欲しいわ」

「だから待っているじゃないか」

夢見心地で頭の中にもやがかかったよう。どういう意味なのだろう？「何を？」

「君のベッドに招待されるのをさ。今まではずっと僕のほうにおいでって言っていたんだけど」

そうだ、これまでここで愛し合ったことはなかったっけ。「あっちよ」リンジーは寝室の方を指さした。

「はっきり口で言ってほしいな」

「頼め……っていうの？」

「そうじゃない、ただ、それほど強く僕を必要としてくれるといいなって」

そんなになま易（やさ）しいものではないのがわからないのだろうか？「ベッドに行って、愛し合いましょうよ」

ジョエルの体の震えが伝わってくる。「じゃ、これが、お帰りなさいになるわけだ、アメリカからの。ずっと待っていたんだ」

街灯のかすかなあかりに照らされただけの寝室はかろうじて姿が見分けられる程度のほの暗さだった。

「君のことばかり考えていたよ、リンジー」

リンジーも同じ、手応（てごた）えのない空想は苦しいばかりだったが、今、それが現実になったのだ。

焼けつくような激しい感情にのみこまれて、ずいぶん時がたった。今夜のジョエルはどことなくいつもと違う、今まではいつもイニシアティブを取るのは彼のほうだったのに。

ジョエルは相変わらず——この二週間はなかったかのように——ニューヨークから戻ったばかりのつもりになっているらしい。もちろん、そういうふりをしているほうがずっといい。現実は苦しいだけだもの。ジョエルと愛し合った後でどんな思いをするかと思うと……。だが、それは明日のこと、明日まではまだ、たっぷり時間がある。

「ニューヨークに連れていってくれたら、ずっとこうしていられたのに」冗談が半分、でも、後の半分は本気だった。別れようなどと思うすきを与えないでくれたらどんなによかったことか。

「そう思ったよ。いや、そうすればよかったんだ。そうしたら、君だって……」

リンジーはジョエルの唇に指を押し当てた。「しいっ、あなたは今日戻ったばかりなの。初めての夜よ、むだにしないようにしましょう」

リンジーの言葉も聞こえなかったように、一瞬曇った目がすぐに不吉な考えを追い払って黄金色に輝き始めた。「そうだな、君の言うとおりだ」

絶望と紙一重のような激しさで情熱がぶつかり合い、夜は更けていった。

コーヒーの香りだ、満ち足りたけだるさの中でうっすら目を開くと、もう朝。よかった、ジョエルはまだいる。

「熱いうちに飲んだら？」寛いだ様子だが、目には一抹の不安が漂っている。

だが、それも無理はない。また、ことをややこしくしてしまった。これからどうなるのだろう？

「ずいぶん早起きしたのね」リンジーはカップに目を落とした。

「もう八時半だよ。これから家に帰って着替えをしなければ」

「大丈夫よ、秘書がちゃんとやっておいてくれるから」どんな顔で何を言ったらいいかわからず、軽い陽気な口調に調子を合わせることにした。「コーヒー、とってもおいしいわ」

「リンジー、話があるんだ」

「いいえ、その必要はないわ」

「いや、ある。まじめに話し合うんだ。リンジー……どうだった、ゆうべは？」

「すてきだったわ」

「それだけ？」

「充分じゃない？」ベッドを出たリンジーは誇らしげに黄金色の目をじっと見つめた。

「今のところは充分だ、いや、十二分だよ」

三十分ほどして、ジョエルは残念そうに言った。

「もう行かなくては。今朝は大事なアポイントメントがあるんだ。気が向いたら、後で出てきてくれ、話はその時にしよう」

快い疲れにうとうとして、ジョエルが出ていったのに気がつかなかった。しばらくして目を覚ましたリンジーはぼんやりと天井を見つめた。昨夜のジョエルは別人のよう、いつになく心を開いてくれたような気がする。それに、話をしようと言ってくれた――望みなきにしもあらず、だといいのだが。

確かに何かが変わった。そう、リンジーのことをなんとも思っていないなら、昨夜のように振る舞えるはずはないではないか？

オフィスに着くと、ジョエルは撮影の最中だった。構いはしない、話をする時間なら後でいくらでもあるのだから。

珍しく心がはずんで、浮き浮きしながらファイルを片づけていると、表のドアが開き、それと同時に強烈な香水の香りが漂ってきた。振り向く前に、予感というのだろうか――大体の見当はついていたが、思ったとおりだった。黒い髪、濃い長いまつげに縁どられたグリーンのひとみ、プラム色に光る唇、巧みなメイク・アップでひときわ形の良いほお骨――ゆったりした黒のブラウスに黒い絹のスラックスのマリリン・ミルズはやはり、蠱惑(こわく)的な魔女だった。

ジョエルは今日、この人がここに来ることを知っていたのだろうか？〝大事なアポイントメント〟というのはマリリン・ミルズのこと？だから、昨夜、もう一晩リンジーとすごそうとしたのだろうか？リンジーは一度見たら忘れられそうにない美しい相手に見とれた。この人にはとても太刀打ちできそうにない、ジョエルがとりこになったとしても当然だ。

〝僕が片づける〟と言っていたが、こういうことだったのか。どんな顔をしてどう振る舞えばいいのだろう？　けれど、ぐずぐず考えている暇はなかった。

「ジョエルと約束があるんだけど」石になったようにぽかんと見つめているリンジーに、マリリンはいらだたしげに口を開いた。生っ粋のイギリス人のアクセントだ、アメリカ人とばかり思っていたが。

「何時にでしょうか？」よかった、普通の声だし、しかも相手に負けないほど高飛車に言えた。リンジーは一歩も引くまいというようにエメラルド色の目を見つめた。

「何時も何もないわ。私が来たって言ってくだされぱいいのよ」

ジョエルの過去に大きな位置を占めていたというだけでなんとなく毛嫌いしていたが、今、目の前に見て、ますます嫌いになってしまった。人を見くびったようなあの横柄な態度、本当に鼻持ちならない。

リンジーはゆっくりデスクに戻ると、わざと時間をかけてアポイントメントのメモをくった。これで少しはへこませられるだろう。「アポイントメントを取ってからのほうがよろしかったんですけど、あの……お名前は？」もちろん、だれだか知っていることはおくびにも出さない。

「ミルズよ」当然、知っているはずなのに、といわんばかりだ。「マリリン・ミルズ。ジョエルに取り次いで……」

「それはできませんわ」リンジーは冷ややかにさえぎった。「撮影中に邪魔が入るのをとてもいやがりますので」

ジョエルのかんしゃくのことを知っているのだろう、マリリンは諦めたように肩をすくめた。「わかったわ、待つわよ。でも、私をこんなところで待たせて、後でしかられるのはあなたよ！」

もしかしたらそのとおりかもしれない。けれど、たとえジョエルをひどく怒らせることになろうと、今は横柄なマリリンを待たせておく、という誘惑には勝てなかった。

マリリンはリンジーのデスクに向かい合った豪華な黒革のひじかけ椅子に腰を下ろすと、バッグから金張りのシガレットケースとライターを取り出した。

「いつからジョエルの番人をやっているの？」番人――わざと侮辱しようとしているのだ。

「秘書になってから一年ちょっとです」

グリーンの目が探るように細められた。「そうね、以前いたがみがみおばさんよりはずっとましだわね」

「グレッグさんは引退なさいました」

「そうでしょうね、七年前でさえ、もうずいぶん年寄りに見えたもの」

「あら、あの方お辞めになった時、五十五歳でしたけど」

「でも、老けてたわ。ところであなたはまた、ひどく若いのね。何があったの？　モデルじゃやっていけなくなって諦めて妥協したってこと？」

まあ、なんてことを！　爆発しては大変、リンジーは頭の中でゆっくり十数えた。「諦めて妥協したことなんかありませんわ、ミルズさん。ジョエルの秘書をしているのは仕事が面白いからです。モデルという職業に魅力を感じたことはありません――盛りは短いし、骨の折れる仕事ですもの」

「そう？　ジョエルの秘書は骨が折れない？」

リンジーは探るように油断ない目で相手を見つめた。つい、弁解じみた言い方をしてしまったが、ジョエルとのことを感づかれたろうか？　もしかしたら……でも、だから、どうだというのだ？　昨夜のおかげで、再び息を吹き返した希望も、この人が入ってきたとたん、きれいに消えてしまったし、もう失うものは何もない。「ええ、それは。でも、慣れましたから」

「そうでしょうとも！」マリリンはたばこを荒っぽくもみ消すと立ち上がった。「ね、ジョエルがだれとどうしていても構わないわ、今すぐ会いたいの、わかった？」

急にスタジオのドアが開き、モデルを送り出すジョエルが姿を現した。はっきり見る前に、もうマリリンのいるのを感じ取っていたのか、こちらを向いたジョエルには顔色がなかった。まるで、幻か幽霊でも見ているよう、やはり、マリリンにはジョエルにこんな反応をさせるほどの力があるのだ。どういう事情で別れたにせよ、彼の心をこれほどとらえた女性はほかには――もちろん、リンジーも含めて――一人もいないに違いない。

「ジョエル！」しなやかな動きで近づくと、マリリンは甘えるようにジョエルの首に腕を投げかけた。キスを待つようにあおむいても、ジョエルが麻痺(まひ)したように動こうとしないのを見て、自分のほうから唇を近づけていく。「ダーリン、やっと、また会えたわね、うれしいわ」

ジョエルがひどく興奮しているのは激しく波うっている胸を見ればわかった。「もう着いたとは……思わなかった」いつもの自信はどこへ行ってしまったのだろう、こんな心もとなげな声を聞くのは初めてだ。

「あなたの秘書はずいぶん不親切なのね」

リンジーがいるのに初めて気がついたというようにジョエルはこちらを見た。あのまなざしはわかってくれと言っているのだろうか？「仕事中は邪魔されたくないってことをリンジーは知っているんだよ」かばってくれているのだが、どうも声に説得力がない。

「あら、私でも、ダーリン？」

言葉につまったジョエルを見て、リンジーは自分でも気づかないうちに口をはさんでいた。「すみません、すぐにミルズさんをお通しすればよかったんですけど、こんなに親しい方とは知りませんでしたので」

「ええ、何年越しかのお付き合いなのよ」ぴったりジョエルに寄り添ったマリリンは勝ち誇ったように言った。「さ、スタジオに行きましょうよ、いろいろ聞かせて。ご両親はお元気？」

ドアが閉まって、それ以上聞くことはできなかった。マリリンはジョエルの両親に会ったことがあるのだ。リンジーにはろくに話もしてくれなかったのに！　そうか、これでやっと昨夜のわけがわかった。以前の愛人のところに戻るから、さよならのつもりだったのだ。それなのに、今までになく心を開いてくれた、この調子ならもしかしたら、などと希望を持ったなんて、我ながら自分が哀れになってくる。ジョエルは今夜、いや今夜だけでなく、これからはずっとマリリンとすごすのだ。

口もきけないほどうろたえたジョエル、あんな彼は見たことがなかった。愛を苦いものにしたのがマリリンなら、それを再びジョエルに与えるのもマリリンなのだ。結局、ジョエルも人を愛するとはどんなことかは知っていたのだろう。

十分ほどして、スタジオのドアが開き、二人はお昼に行くと言って出ていった。相変わらず、ぼうっとした様子のジョエルは何時に戻るとも言っていかなかったが、午後からの約束はどうするのだろう？

一人になったとたん、とめどなく涙があふれてきて、リンジーはデスクに突っ伏してしまった。よりによって、あんないやな人に夢中だなんて、あまりひどすぎる。ジョエルへの影響力を別にしても、あいうけばけばしい美しさは好きではないし、話し方も態度も何もかも気にくわない。

「仕事中にお昼寝かい？」

耳慣れた笑いを含んだ声にリンジーはしぶしぶ顔

を上げた。涙でメイク・アップはめちゃめちゃ、マルコムにこんなところを見られてしまうなんて。

普通でない様子にマルコムははっと真顔になった。

「どうしたんだい、リンジー？」

「別に、なんでもないの」もう遅いが、せめてもとリンジーは慌ててティッシュで目を押さえた。

「未来の義理の兄にも言えないのかい？」

マルコムの期待どおり、リンジーは弱々しいほほ笑みを浮かべた。「ずいぶん自信あるのね」

「いや、実をいうと、あるのは希望だけなんだけどね。ジョエル……かい？」

「あの人、何もしてはいないわ」立ち上がって鏡を見ると、目は真っ赤だし、なんともひどい顔だ。

「でも、理由もないのに泣くなんて」

「女って時々そうなるものよ」

「いや、君は違うね、しっかりした人だもの」

「ところが、もうめちゃめちゃ」人前だが仕方がない、アイシャドーとマスカラを少々、これで少しは見た目が良くなった。「ゆうべのデートは？　うまくいったの？」リンジーはさりげなく話題を変えた。

「なんだ、ジュディは電話していないのか」

「まだね、でも、今にしてくるわよ」

「実は、すごくうまくいったんだ。一度もけんかしなかったし」

リンジーはからかうようにまゆを上げた。「それは上出来だったじゃない」

「ああ、今夜もまた会うことになっているんだ」

「リーダーの魔力が効いたわけね」

「君にも効くといいんだがな。話してくれないか？　ゆうべ電話した時もなんだか変だったし」

「そんなことないわ」とは言ったものの、たちまちほおがほてってくる。

「本当にお風呂に入っていたの？」

どうしよう、ほおが燃えるようだ。「当たり前でしょ？　なぜ、うそをつかなきゃならないの？」

「そのわけは君が話してくれなけりゃ。寒がっているような声じゃなかったもの。やあ、ジョエル」

話に夢中になっていてドアの開いたのにも気がつかなかった。口紅を持ったまま慌てて振り向くと、目が怖いほどぎらぎらしている。そうか、また、すっかり誤解されてしまった。もっとも、ほおを染め、落ちた口紅を直そうとしているのでは、それも無理はない。どの辺から聞いていたのだろう？　少なくとも、昨夜の〝友達〟がマルコムだということはわかったはずだ。

でも、だからといって、ジョエルに非難する権利があるのだろうか？　以前の愛人のもとに戻る前にさよならのつもりでリンジーのところに一晩泊まった――このほうがよほど罪が重いではないか！

リンジーは強情そうに肩をそびやかした。「お昼にいらしたと思っていたんですけど？」

「そうらしいな」ジョエルはマルコムから目を離そうとしない。「ちょっと、忘れ物をしたものでね。今日、君に会おうとは思わなかったよ、マルコム」

マルコムはにやっとした。こんな時でも完全にリラックスしているなんてたいしたものだ。「いや、君のチャーミングな秘書から長いこと離れていられないものでね」

怒らせようとしてわざと言っている。そして大成功、ジョエルは顔をこわばらせた。

「なるほど、でも昼食をする間くらいなら離れていられるだろう？　アメリカからマリリン・ミルズが着いたんだ、話をしたいんじゃないかと思って」

「それはすてきだ」マルコムは目を輝かした。「だが、残念ながらほかに約束があるものでね」だれとは言わないが、これみよがしにこちらを見ている目つきからすると、リンジーがこの〝約束〟に関係あるのは明らかだった。「午後からでも会わせてもらおう」

「いいよ、そのほうがいいっていうなら」少しも良くはなさそう、いかにも不きげんな声だ。「一、二分、スタジオに用があるんだ。後はごゆっくりどうぞ」

「どういうつもりなの、マルコム……」

「しいっ」マルコムはスタジオから出てきたジョエルににっこり笑いかけた。「それじゃあ、ジョエル、また後で」

「ああ、じゃ」ジョエルの背後でドアがぴったり閉まった。

7

「なんのためにこんなことするの？」

とがった声にもけろりとしたもの、マルコムは屈託なさそうに振り向いた。「こんなことって？」

「わからないふりをするなんて」つい、吐息が出る。

「なにもあなたが出てきて大きな木のスプーンでせっせとかき回してくれなくても、ジョエルと私は、もう、これ以上ないくらい絶望的なのに」

マルコムは愉快そうに笑った。「なかなかチャーミングな言い方をするんだね、さすがイギリス人だ」

「おのぼりさんのアメリカ人みたいなふりするのはよして。あんなにわざと怒らせるようなことを言うなんて」

「小指の先で一押し、それ以上の助けは要らないように見えたがな」

「そうかもしれないけど、でも、やっぱりつついたじゃないの」

「ほかに約束があるって言っただけだよ」

「私と、ってほのめかしながらね！」

「そりゃそうさ。そうでなけりゃ、お昼時にわざわざ寄るはずないだろう？」

「どうやってかわいそうなジュディをあなたの魅力のとりこにしたか、とくとくと話すためにでしょ！」

「それもあるよ」マルコムはにやりとした。「とにかく、出かけないか？」

「でも、ジョエルはミルズさんとお食事に行ったのよ。もしかしら、二、三時間、戻らないかもしれないわ」二、三時間ですめばいいのだが！

「だったら、なおさら、君も行かなきゃ。留守番電話のスイッチを入れて、ドアにかぎをかけて。君だって食事をする権利はあるんだからね」

確かにマルコムの言うとおりだ。二、三時間もかかるとしたら、二人が戻ってからでは昼食に行くには遅すぎる。それに、交替で出かけるようにとも言っていなかったし。「そうね、いいわ」

週日のお昼時はどこもかしこもいっぱい。けれど、幸いにも、奥まった静かな通りにある高級レストランにテーブルを見つけることができた。

「さっきはどうしたっていうんだい？　何があったの？」

「言ったでしょう？　女って時々、わけもなく泣きたくなるものなのよ」

「その〝わけもなく〟って、マリリン・ミルズに関係があるんじゃないかな？」

「いいえ」

「リンジー、君の未来の義理の兄になるって言ったのは本気なんだよ。義理の兄として気になるのもわかるだろう？　マリリン・ミルズを使おうって言った時のジョエルの様子ときたら……以前、何かあったなってぴんときたんだ。そうなんだね？」

「そう……だと思うわ。いえ、ジョエルははっきり言ったわけじゃないけど。あなたと同じように私もあの人の様子にびっくりしたのよ」

「それで食事に連れ出した、か」マルコムは考えこむようにまゆを寄せた。

「それはそんなに珍しいことじゃないわ、ジョエルはよくモデルさんと食事に行くもの」

「じゃ、君、そのたびにさっきみたいになるの？」

「だから、今も言ったとおり……」

「彼女はどんな感じなんだい？」

とたんにリンジーの顔が表情のないマスクのようになった。「きれいよ、あの写真よりもっときれいだわ。もっとも、あれ以上美しいっていうのがあればの話だけど」

「そういうことをきいているんじゃない、わかっているはずだよ。どんな人なんだい？」

「ちょっと見ただけだし……」

「リンジー、第一印象ってものがあるだろう？」

「私が言うと、公平じゃなくなるかも……」

「その不公平な意見でもいいから」

リンジーは肩をすくめた。「あの人、嫌いよ、私。あの人のほうも私が嫌いだわ」

「なるほど、君とジョエルのことに感づいたかな」

昨夜のことがよみがえってきて、リンジーは真っ赤になった。「感づくもなにも、もう、何も……」

「リンジー、ゆうべ電話した時、何かの邪魔をしたんじゃないかな？」

なんとでも言い逃れはできるし、あっさり、違うとも言えるのだが……。「ほんのちょっとね」

「そうか」マルコムは顔を曇らした。「それじゃ、君と一晩すごした後でジョエルは昔の恋人と?」

「ええ」

「最初、君みたいな人を手放すとは、なんてばかなやつだろうと思ったよ。でも、引き止めようとしたって聞いて、ジョエルもまんざらばかじゃなかったと思い始めたところへ……君のところから真っすぐマリリン・ミルズにとはな!」

「不公平なのはあなたのほうじゃない? もちろん、未来の義理の兄さんとしてなんでしょうけど」

「一目でジュディに引かれなかったら、いまだに君の後を追いかけ回していたと思うよ、僕自身。それにしても、昔の恋が今の妨げになるのを手をこまぬいて見ているなんてジョエルもどうかしているな」

「もう、私とはなんでもないんですもの。ゆうべのことは……間違いだったのよ」

「いや、君は知っていて間違いをするような人じゃない」

「そうね。でも、ジョエルは、きっと……」ウエイターが料理を運んできて、リンジーは言葉を切った。

「おいしそうだこと、いただきましょうよ」

これ以上ジョエルのことは話したくない、という気持が通じたのだろう。マルコムはジュディとのデートのいきさつを話し始めた。どうやらジュディはもう、だいぶ心を許しているらしい。このままうまくいくといいのだが。もっとも、ジョナサンのことを打ち明けていないところを見ると、まだ、百パーセント信頼しているというのではなさそうだ。

オフィスに戻ってみると、ジョエルたちはまだ戻っていなかった。マルコムは待つというので、リンジーは仕事にかかったが、しばらくすると、ハスキーな笑い声が聞こえてきた。ジョエルの腕にぶらさがるようにして入ってきたマリリンは、まず、リンジーに勝ち誇った笑顔を向けたが、マルコムを見たとたん、猫を思わせるグリーンの目がみごとに表情を変えた。

マリリンなどどうでもいい。真っすぐにジョエルを見つめると、冷ややかな目が見つめ返してきた。昨夜のことはなかったかのように、二人はまた、ジョエルがニューヨークから戻ってからの険悪な間柄に返ってしまったようだ。

そう、昨夜はなんでもなかったのだ。少なくとも、リンジーが心ひそかに願っていたようなものではなかった。もう、二度とあんなことはすまい。

リンジーは興味なさそうに、ジョエルが二人を引き合わせるのを見ていた。マルコムは、なれなれしい――なれなれしすぎる――マリリンを面白がっているようだ。ジョエルにやきもちをやかせようとしている？　それとも、男性と見れば相手構わずこうなのだろうか？　いずれにしても、ジョエルはひどく苦い顔をしているが、彼もこれでやっと手に負えない女性にぶつかったわけだ。もしかすると、七年前に別れたのもこういうことが原因だったのかもしれない。

スタジオに入る前にこちらを振り返ってこれみよがしにウインクするマルコムを見て、なぜか急に気が軽くなった。少なくとも、マルコムだけはマリリン・ミルズの魅力にも引きずられず、今の状況を茶化すだけの余裕を持っているということだ。けれど、ジョエルのほうは茶化すどころではなさそう……。

スタジオの方ばかり気にしているうちに三十分ほどたって、やっとドアが開いた。はっと身構えたが、幸い、出てきたのはマルコムだけで、肩の力が抜けていく。

「僕も嫌いだね」デスクにもたれかかったマルコムは声をひそめた。

「不公平なのはどちらかしら？」

軽い口調にものってこず、マルコムはまじめな顔で首を振った。「ああいうのを悪女っていうんだろうな、男を夢中にさせて……あっさり捨てる」

「ちょっと大げさすぎやしない？」

「そうでもないさ。とにかく僕の好みじゃないね」

「そうかしら？　男性ならだれでもミルズさんには夢中になると思っていたけど」口ではこう言ったものの、内心、マルコムの言葉にほっとしていた。

「いや、僕はお断りだ。もっとも〝魔力〟のモデルには完璧（かんぺき）だがね」

「それじゃ、本決まりなの？」

マルコムはうんざりしたように顔をしかめた。

「決めたのは僕じゃなくて彼女のほうさ。でも、まあ、それでもいいけどね。君には悪かったかな？」

「あら、私のことなんか気にしないで」聞いたとたん胸が重くなったが、リンジーは空元気を出して明るく言った。「どうせ、そう長いことここにはいないし、しばらくならやっていけるわ」

マルコムはまゆを寄せた。「どういう意味だい？」

「二週間ちょっとで辞めることになっているの」

「もう、辞表は出したのかい？　ジョエルはそれでいいって？」

「だって、仕方ないでしょ？　彼に何かほかにできたかしら？」

「ああ、山ほどどね。たとえば、そんなものは破いて見なかったことにしてもいいじゃないか」

リンジーは肩をすくめた。「そんなことしてもなんにもならないと思うわ。また書いたでしょうし」

「それなら君を辞めさせたくはないわけだ」

目を見る勇気はない。リンジーはデスクを見つめた。「でも、私、選択の余地なしにしたから」

「なんとか君たちの間をはっきりさせることができたらなあ」

「〝はっきりさせて〟くれる必要なんてないわ。それより自分のことに専念したら？　とても逆らいき

どんな種類の信頼だ？」

「相手のことを思いやって、お互いに間違いをするのを知っているから、相手の過ちをとがめない、そういう信頼よ。少なくとも私は、すぐにまた別の人のところへ、なんてことだけはしないわ」

「そうかな？　僕にはそんなふうに見えたがな？」

ジョエルの目が嵐をはらんだ褐色に変わっていく。

「見かけはあてにならないものよ。もっとも、あなたの場合は見かけどおりみたいだけど？」

「何が言いたい？」

「だって……ミルズさんとのこと隠そうともしないじゃない？」

「隠そうともしないって……指一本触れちゃいないぞ！」

悔しさにほおがほてってくる。「あの人が触れるのを止めようとはしなかったわ！」

「マリリンは男にはいつもああなんだ、なんの意味もありゃしない」

「私にはあるの！」これ以上余裕ありげなふりを続けることはできない。「ゆうべはあんなに情熱的に……いいえ、もう思いだしたくもないわ。それなのに、ほんの何時間かたつと、もう別の人と……」

「リンジー……」

「あの人が来ることさえ教えてくれなかったじゃないの、なんの用意もできていないところへ突然……。話をしようって言っていたわね？　もう、そんな必要ないわよね？」

「君にはわかっていないんだよ」

「わかっていないのはあなたのほうよ。私　ゆうべのこと……どうでもいいと思っていたわけじゃないのよ。私を愛せないのはわかっているけど、少なくとも行きずりの女の一人じゃないって気がしたのに……」

「当たり前だろう、そんな……」ジョエルはさっと青ざめた。

「いいえ、やっぱりそうだったのよ。大丈夫、もう二度とあんなことは起こらないから」

「とにかく、マリリンのことを説明させて……」

「よして、もう手遅れよ。いまさら説明なんて……遅すぎたわ。辞めるまで私に近づかないで」

「本気で言っているのかい？」

「ええ、もちろん本気よ。ゆうべ、あんなことを……思いだすと気分が悪くなるわ」

「そう、そんなふうに思っているなんて残念だ」興奮を物語るようにこめかみの辺りが引きつっている。

「残念がる必要なんてないわ。これからはミルズさんのことで手いっぱいになるでしょうから」

「ああ、間違いなくな。ゆうべのこと、マルコムはなんともないのかい？」

「ええ、全然。あなたと同じに私もあれは間違いだったと思うの。だから、そう言ったのよ」

「じゃ、君にとってなんの意味もなかったっていうの？」

「長引きすぎていた関係にピリオドをうった、それだけのことだわ。私のことなら気にしないで、あなたはだれと会おうと自由よ。絶対に文句を言ったりしないから」

「君と同じに自由、か」

「そう、私と同じにね。ミルズさん、今度のコマーシャルに本当にうってつけだわね」

「ああ、それに新製品の名前も彼女にぴったりだし」ジョエルは低くつぶやくと、それっきり顔も見ずにスタジオへ入っていった。

一人になったとたん、体中の力がすうっと抜けていく。涙で目がかすんで、リンジーは急いで何度もまばたきをした。もう、ジョエルのことで涙は流し尽くした、これ以上は一滴もお断りだ。

けれど、現実はそう簡単にはいかなかった。毎日――仕事のない日まで――スタジオに現れるマリリンを見るのは思った以上につらかった。そろって昼食に出かける二人を見送るのは、きりで胸を刺されるような苦しさだ。ただ一つの慰めは、今までの経験がかわれ、トップデザイナーの秘書のポストが決まったことだった。

早速、採用通知を見せに行ったが、気のなさそうな返事が返ってきただけ。ここのところずっと、ジョエルは自分の殻に閉じこもってかんしゃくも皮肉も忘れてしまったようだ。毎日取りつくしまもない冷淡な顔をしている。こんなことなら爆発してくれたほうがどんなにいいか……。

マルコムが二、三週間の予定でアメリカに戻った週末、リンジーは久しぶりで実家に帰った。母とは危なっかしい休戦状態が続いており、ジョエルの名を出さない限り大丈夫だ。これはリンジーにとって願ってもないことだった。

「どんな具合、強情っ張りさん?」

「あら、強情っ張りなんてとんでもない。あの人が戻ったら結婚してもいいと思っているのよ」

「まあ、本当?」

「もっとも、プロポーズされたらの話だけど」

「もちろんするわよ、決まっているわ! ねっ、毎晩電話してくるんでしょう?」

「ええ、お母さん、すっかりごきげんよ」

「そうでしょうとも。やっと、おめがねにかなう人が現れたってわけね。これで、マルコムのことを気に入らなかったら、どうなっていたかしらね?」

「あら、それでも結婚するわよ、私」

「そう……とっても愛しているのね、うれしいわ」

「二対一、とてもあなたたちに勝ちめはないもの。あのね、ゆうべ話したわ、ジョナサンのこと。あの人、わかってくれたの」

では、これで最後の障害もなくなったというわけだ。この二人は幸せになるに違いない。

　リンジーの幸せは遠のく一方だ。あと一週間で辞めれば、もうそれっきりジョエルと会うことはないだろう。もっとも、いまだにジョエルとリンジーはお互いのために存在しているのだと信じているらしいカリーは、なんとか二人を会わせようとするかもしれないが。

　いよいよ最後の一週間だ。一時間一時間数えるような毎日だが、仕事の引き継ぎでけっこう忙しく、感傷にふけっている暇はなかった。二つ年上のシャーリー・ランドはずっと家庭に入っていたので経験はないが、ジョエルの秘書というポストにすっかり夢中で、未熟なところは熱心さでカバーできるだろう。とても感じのいい人だ。嫌いな相手には容赦なくいやな顔をするジョエルも愛想がいいところを見ると気に入っているらしい。

「あら、今日はお友達いないの？」

　なんていやな声だろう。初めの日と同じ強烈な香水の香りが鼻をつく。マリリンとは依然として冷戦状態だ。ジョエルのことではよほど自信があるらしく、時々、露骨に軽蔑(けいべつ)した態度を見せるので、なおさら腹が立つ。

　リンジーはうんざりしたように顔を上げた。「シャーリーのことですか？　お昼に行きました」

　ひじかけ椅子にいい具合におさまったマリリンはたばこに火をつけた。「良い人よね、人畜無害って意味だけど」

「ええ、とても良い人ですわ」見下したような失礼な言い方にむっとしたが、ここも明日までと思えばがまんもできる。

「結婚しているしね」

　リンジーはまゆを寄せた。「ええ」

「幸せなんでしょ？」

「ミルズさん……」

「ねえ、ほかに人がいない時くらい堅苦しいのやめない？　もっとも、良い子ぶったあなたのやりそうなことだけど」

　今ごろになって、なぜけんかをふっかけるようなことをするのだろう？　リンジーは目を丸くした。

「あの、私……」

「せめて認めましょうよ、お互いにがまんできないって」

「そうじゃないふりなんか、したことありませんけど」

「そういえばそうよね。ね、ジョエルから、もう私のこと聞いた？」

「いいえ、ジョエルはプライベートな話はいっさいしませんから」

「まあ普段はね。でも、それも相手によりけり。私、あなたのこと、なんでも知っているのよ」

「えっ？」

　表情をこわばらせたリンジーに、マリリンはかすれた笑い声をあげた。「そんな顔しないでよ。もちろんジョエルからあなたたちのことは聞いたわ。あの人、うそが嫌いなの」

「そうね」

「あなたが辞表を出したって聞いた時は正直いってほっとしたわ。追い出してって私の口から言うよりずっといいものね」

「ジョエルはあなたの言うことならなんでも聞くみたいな言い方ね？」

　マリリンは意地悪そうに鼻を鳴らした。「知らなかったの？」

「そんな機会、なかったもので」

「あなたにとっては運が良かったってことよね」

　認めたくはないが、マリリンの言うとおりかもしれない。ジョエルは毎日マリリンに会っている。会いたくて会っているのではなさそうだが、といって、来ないでくれとも言わない。マリリンにはリンジーなど及びもつかない力があるのだ。

「もう、撮影もすんだと思いますけど……」

「あら、たまにはこうしておしゃべりするのもいいじゃない？　今までろくに話をするチャンスもなかったし。こうして私が戻ってきたからには、ジョエルの秘書はあなたよりランドさんのほうがずっといいわね。私がジョエルの妻だっていったら、あなたも働きにくいでしょうから」

　ジョエルがこんな人と結婚する？　ショックが大きすぎて完全に隠すことはできなかった。せめて手の震えだけでも抑えなければ、リンジーは両手をこぶしに握りしめた。「式はいつなんです？」

「式のことなんか言った覚えはないわ。わかっていないようね、リンジー。仕事ではミルズを使っているけど、七年前からサザーランドなのよ、私！」

8

　あまりびっくりしたので口がきけなくなってしまった。どうりで。結婚という言葉を毛嫌いしたのもこれで納得がいく。妻がいるのにプロポーズできるわけがないではないか？　でも、本当？　ジョエルにこんな卑劣なことができたなんて……。

「離婚……したの？」

「いいえ」

「それじゃあ、あなたとジョエルは……今でも……？」

「言ったとおりよ」マリリンは面白くもない、というように肩をすくめた。「離婚はしていないわ」

　ここまで聞いても、まだ信じられない。七年間もこの人と……？　だが、ずっと別居していたなら、なぜ離婚しなかったのだろう？

「もちろん、よそのご夫婦と同じように私たちにも問題があったわ」リンジーの不審を読み取ったらしく、マリリンは滑らかに続けた。「でも、今は元どおり。そうそう、あなたのくしがあったわ。メイベリーにきいたらうろたえていたけど、近いうちに送るわね」

「いいえ、そんな必要ないわ、くしならいくらでもあるから」

「でも、とってもきれいなのよ、こげ茶のとこに金が入っていて」

ああ、あのくし。そういえばここのところ見えなかったが、よりによってマリリンに見つけられたとは。「安物よ、金のところはメッキなの」

「そう？　でも、とにかく送るわよ」

「いいえ、けっこうです」リンジーは食いしばった歯の間から押し出すように言った。どうせもう、あのくしを使えはしない、見るたびにジョエルとこの人が一緒に暮らしていることを思いださなければならないのだから。

「あら、いいのよ」なんてしつこいのだろう。「それに、あのくしのおかげであなたの好みもなんとなくわかったしね。明日、あなたが辞める時にあげるプレゼントをジョエルと買ってきたの、気に入るといいけど」

とんでもない、今からもう大嫌いだ！「そんなことをしてくださる必要はなかったのに。辞めたいって言いだしたのは私ですもの」

「でも、そうするものなんでしょ、きっと」

「それはそうかもしれませんけど……」そんな形式的なことをしてほしくはなかった。まして、マリリンと二人で選んだなんて。これではジョエルのプレゼントとして大切にすることもできない。

「気に入ると思うわよ、さ、ジョエルのところに行くわ」

ジョエルの近くにいられる貴重な一日、もちろん夕方までいるつもりだったが、今のショックはひどすぎた。リンジーはシャーリーが戻ったのと入れ違いに逃げるようにオフィスをとび出した。今日は半日でおしまい、どうしても一人にならなければ。

苦しいほどジョエルを愛している、この気持をのり越えることはできないのだろうか？　だが、なぜこんな大切なことを打ち明けてくれなかったのだろう？　すぐにわかることなのだから、マリリンがうそを言うはずはない。きっとジョエルは自分に妻がいることを知ったら、リンジーが絶対にイエスと言うはずがないのを見越して隠していたのだ……。

ジョエルのことではもう二度と泣かないこと。のどはつまるし、目もひりひりするが、リンジーは必死にこの決心を守ろうとした。ジョエルもひどすぎる、結婚していたなんて。なぜこんなめにあわなければならないのだろう？

さっきの口ぶりからすると、マリリンはもう、ジョエルのところに戻って、再び結婚生活を続けているらしい。ジョエルからリンジーとのことを聞いたと言っていた。くしを見つけたマリリンに問いつめられて、どうしようもなく打ち明けたのだろうか？

六時半、ベルが鳴った。いやだな、だれにも会いたくないのに。しぶしぶ細めにドアを開けると……ジョエルだ！

「なんの用？」わずかなすき間からのぞきながら、リンジーは冷たく言った。

「シャーリーから聞いた、気分が悪くて早退したんだって？　無事かどうか見に来たんだよ」

「だったら、電話でよかったんじゃない？」

いつになく冷ややかながんとした態度に、ジョエルは戸惑っているようだ。そういえばいつもは健康に輝くばかりの肌の色もここ何週間か沈みがちだし、少しやせたのではないだろうか？　気のせいか、濃紺のスリーピースもいつもほどぱりっとしていない。外観にまで気を遣う余裕がないといった様子だ。

「直接この目で確かめたかったんだよ」

「見たでしょう、とっても元気よ」

けれどジョエルはその場を動こうとはしない。

「頭痛がするって聞いたけど……」

「ええ」

「まだ痛いの？」

「ジョエル……」

「顔色が悪いな。本当に頭痛だけ？」

「ええ、そうよ。ね、よかったら……」

「リンジー、話がある」力いっぱい押されてドアは大きく開け放たれた。ジョエルは後ろ手にドアを閉めるとリンジーの腕を取って居間に向かった。

「話をしたい気分じゃないのよ！」リンジーは腕を振り払った。「言ったでしょ、頭が痛いって……」

「うそに決まっているさ」

「私はうそはつかないわ、こんなちょっとしたことでもね」そうだ、ジョエルはうそをついたのだ。しかも、あんな大切なことで。こう思ったとたん、声がひどくとげとげしくなった。「ねえ、帰って。ほかに行くところがあるんじゃないの、あなた？」

ジョエルは、そうだ、とも、違う、とも言わず、しばらくの間、じっと見つめていた。「リンジー……赤ちゃんじゃないのかい？」

ふざけているのではないらしい。リンジーは厳しい顔をぽかんと見つめた。「私……あの……なんて言ったの？」

ジョエルは肩をすくめると、重い吐息をついた。「こんなふうに無神経な言い方をするつもりはなかった……」

「無神経？　これ以上の無神経ってある？　何言っ

ているのよ、勝手にやってきて、どんどん入りこんで、あんなこと言うなんて！　信じられないわ！」

やたらに髪をかきむしるので、手に負えない濃い髪が、いっそうもしゃもしゃになった。「ここのところ、調子が悪そうだったし……」

「だからって、あんなこと言っていいの？」

「あんなことって……別にとがめているわけじゃないよ。この前、僕たち――いや、僕はあまり用心しな……」

「なるほど、万事用意周到のジョエル・サザーランドが用心するのを忘れたってわけね！」

「忘れたんじゃない」かっとしたらしく、ほおにかすかに赤みがさしてきた。「ただ、そんなつもりで君のところに来たんじゃなかったから……」

「そう？」リンジーの声はヒステリックにエスカレートしていった。そういう危険もあったのだ、ジョエルに言われるまで考えてもみなかったとは……。

「そのつもりで来たに決まっていると思っていたけど？」

「リンジー……」

「大丈夫、安心して。そんな心配はないから」はっとしたようなジョエルを見て、リンジーは唇をゆがめた。「父親にならないですんだのよ、もっとうれしそうな顔したら？　もちろん、サザーランド夫人の感化で家庭っていうのもいいものだと思うようになっていたら別だけど」

ジョエルは静かに――静かすぎるくらい静かに――立っていた。目が暗い黄金色に燃え上がっている。「なんて言ったんだ？」

聞き取れないほど低い声、リンジーも負けずに抑えた抑揚のない声で言った。「こういうこと、いつまでも秘密にしていられると思っていたの？」

「だれに聞いた？」

「マリリン」

「あいつ！　さぞ、ほくそ笑んだことだろう」

リンジーは肩をすくめた。「どうして隠していたのかわからないわ。別に恥ずかしいことでもないのにね」

黄金色の目が一直線にまで細められた。「マリリンはなんて言ったんだい？」

「結婚のことよ」

「ほかには何も？」

「これだけで充分じゃない？」

ジョエルは重いため息をついた。「七年前のことだ。どのくらい忘れようとしたことか。マリリンもそうすると思っていたのに……」

「あなただって忘れられやしなかったのに、なぜあの人だけが忘れられるの？」

「……そうだな」

今までは頭が重かっただけなのに、こめかみがずきずきし始めた。「どう、赤ちゃんのことは取り越し苦労だったってわかったでしょ？　もう帰って」

「いや、もう少し話し合ったほうがいい」

「そんなことしてなんになるの？」今となっては何をしてもむだだ。リンジーは吐息をついた。

「君は明日辞めてしまう。せめて友達として別れたいな」

「だめ、そんなの無理だわ、ジョエル」

「じゃ、恋人としてだ」

荒々しい表情に、リンジーは目をみはった。「何週間も前に終わりにしたばかりじゃない」こうは言ったけれど、気落ちした声は自分の耳にも説得力なく響いた。

「終わった、終わらないっていうものじゃないだろう？」とても低い声、唇を見つめている視線が痛いようだ。「寂しかったよ、リンジー。だれかをこれほど恋しくなるとは思わなかった」

「そのせりふ、今までだったら効果があったかもしれないけど……もう、だめよ」

「せりふじゃない、本心だ」

「マリリンの時は、同じだった？」

「それとこれとは……」

「そうでしょうね」リンジーはぴしっとさえぎった。

「あの人のところから私のそばに……考えただけで胸が悪くなるわ！」

「過去のことはもうどうしようもないだろう」

「私ね、あなたの未来とは関係したくないの。別の恋人を探したら？　私はお断りよ。もし今夜、そのつもりで来たんなら、おあいにくさま！　明日一日だけで後はもう二度と会いたくないわ！」

「本気で言っているんじゃないだろう？」

「もちろん本気ですとも！　まさか、オフィスを辞めたら、また、あなたとの関係を続けるだろうなんて思っていたんじゃないでしょうね？」

「もう、マリリンのことも知っているし……」

「全部じゃないわ。もっともこれ以上知りたくもないけど。あなたたち二人、お似合いじゃない、似た者同士で！」

ジョエルは殴られでもしたようにたじろいだ。

「そうかもしれない。帰るよ。邪魔してすまなかった」

こんなにしょんぼりしたジョエルを見るのは初めてだ。いつもの自信のかけらもないなんて。やはり、ジョエルはジョエルらしいほうがいい。「ね、そういう意味じゃなかったのよ」リンジーは手をさし出した。

「リンジー！」

ぴったり抱き寄せられ、ジョエルの妻のことも二人のいさかいのことも、たちまち遠くにかすんでしまった。清潔な肌のにおいに包まれて目を閉じると、ほのぼのとした思いが広がっていく。

「こうしたかったんだ、この何週間かのつらかったことといったら」髪に顔をうずめ、くぐもった声でささやいた。「時々、おかしくなるんじゃないかと思ったよ」

それはリンジーも同じだが……。「でも……もう行って」

「ああ」

「今夜、泊めるわけにはいかないのよ」

「わかっている」けれど、ジョエルは腕を緩めようともしない。

「だから……誘惑しないで」ジョエルには妻がいるのだ、少なくとも一人は正気を保っていなければ。

「どうしようもないんだよ」深々と輝く黄金色の目がじっと見つめている。「キスしたい……」

「だめよ！」

けれど、次の瞬間、ゆっくりと顔が近づいてきた。

「リンジー、君はなんて魅惑的なんだろう！」

またこんなことになってしまって、どこまでおばかさんなのだろう。けれどリンジーは再び下りてきた唇を避けようとはしなかった。深いキスに結ばれて、幸せが二人を一つに包みこんでいく。

ドアのベルが鳴っている。この前は電話に邪魔されたっけ。のろのろと体を離すと同時に現実が戻ってきて、リンジーはつと顔をそむけた。

「電話の次にはサディスティックな文明の利器だな！」ジョエルは笑いに紛らそうとしたが、その努力も重苦しい空気にむなしく沈んでいった。

だれだろう？　とにかくマルコムでないことだけは確かだ。ところが……。「あら、もう戻っていたの？」

「ああ、本当はもうしばらく向こうにいる予定だったんだが」リンジーを振り回さんばかりにしながらマルコムは顔中で笑った。「でもね……あっ、ジョエル……」どんどん入ってきたマルコムは慌ててリンジーの方を振り向いた。「君、一人だとばっかり……」

目が回りそうで、リンジーは無意識にマルコムの腕につかまった。「ジョエルはちょうど帰るところなの」

「そう？」

「ああ、仕事のことでちょっとね」ジョエルは上の空のようにうなずいた。

「それじゃ、邪魔して悪かったかな。あっちで待たせてもらおう」

「あら、でも……」

「でも、手短に頼むよ」マルコムはそっとリンジーのほおに指を触れた。「すごいニュースがあるんだ。それじゃあ、ジョエル、元気そうでよかったよ」

マルコムが居間に姿を消したとたん、辺りがしいんと静まり返り、沈黙が耳に痛いほどだ。重苦しい空気の中で二人は探るように見つめ合った。

「約束があるとは知らなかったものでね」かなりたってからジョエルがぽつりと言った。

「聞こえたはずよ、マルコムが戻ったことを知らなかったって言ったのが」

「僕の手前じゃないのかい？」

「違うわ。少なくとも、あと二、三日は帰らないってことだったもの」

「まるで一刻も君なしじゃいられないみたいな様子だな！」

今までにいくらもマルコムとは友人以上の何ものでもないと話してしまうチャンスはあったが、マリリンのこともあり、プライドからなんとなく言いそびれていた。ましてひどく傷ついている今、言えるはずはない。「ええ、そうね」

「わかった、退散しよう」

諦めたように背を向けたジョエルを見ているうちに、なぜか彼が悲しんでいるような気がしてきて、無意識に手をさしのべたリンジーは慌ててその手を引っこめた。もういい加減にしなければ。「じゃ、明日ね、ジョエル」

「リンジー、マルコムの来る前……」

「のことは忘れましょう」

「忘れられるのかい？」

一緒にすごした時のことは決して忘れられそうにない。リンジーはのど元にこみ上げてきた塊を必死にのみ下した。「ええ、もう忘れたわ。これ以上マルコムを待たせたくないんだけど……」

「そうだな」

ぼろぼろの神経をなんとか繕って、さりげない笑顔を張りつけて……目の前で閉まったドアをしばらく見つめてからリンジーは居間に向かった。

ひじかけ椅子に具合良くおさまったマルコムは、リンジーを見ると不審そうにまゆを寄せた。「もう、すっかり終わったって言ったろう、君？　それなのに、この前の電話の時といい今日といい、いつも彼とはち合わせだ。どうなっているんだい？　いい加減なこと言ってもだめだよ、ちゃんとわかるんだからね」

「本当のことでも？」

「これが本当のことだって言いたいのかい？」

「どう信じようとあなたの勝手だけど。それよりビッグニュースって何？」

「どうして、そういつも僕の話にすりかえようとするんだろうな？」

リンジーはいたずらっぽくにやっとした。「だって、あなた、立ち入ったことばかりききたがるんですもの」

マルコムはわざとらしく傷つけられたふりをした。「でも、僕のほうには秘密なんてないもの」

「それはかわいそうなジュディをわなにかけるために私の力が要るからというだけじゃない？」

マルコムは満足そうににやっとした。「ジュディっていえば……」

「何？」

マルコムはもったいぶって肩をすくめた。「毎晩、ニューヨークから電話したんだけど……」

「それは知っているわよ」

「でも、ゆうべのことは知らないだろう？　実は、プロポーズして……イエスだったんだ！」

リンジーは目をぱちくりさせた。いや、二人が結婚するということに驚いたのではない。ただ、ジュディが電話でプロポーズされて受けたというのが、どうもぴんと来ないのだ。あの控えめで慎重なジュディが？

「そんなにびっくりした顔しないで」マルコムはうれしそうな笑い声をあげた。「僕を愛しているんだよ」

「それはわかっているけど……ただ、ジュディが電話で婚約したってところが……」

「そうじゃないよ」マルコムはポケットから茶色いベルベットの指輪の箱を取り出した。「これをジュディの指にはめた時、僕たちは初めて婚約したことになるんだ。実はこのことで君に会いに来たのさ」

「えっ？」

「ジュディが君に電話するって言ったけど、止めたんだ。びっくりさせてやろうと思ってね。さ、早く着替えて。とにかく、ジュディに会いに行くのにふさわしい支度をしてくれないか。十分以内だ」

「私は必要ないでしょ、その指輪を贈るのに？」

「家族そろってのほうがいいんだよ。みんなで食事に行こう」マルコムはスマートな腕時計に目を落とした。

「急がないと遅れそうだ、約束は八時だから」

「じゃ、ジュディは知っているの？」

「当たり前だ。言ったろう、プロポーズをしたら……」

「そのことじゃなくて、ディナー・パーティーのほう」

「ジュディが手配することになっている。もっとも、疑い深い妹が急がないと、人数が一人減ることになる——といっても、その一人は僕じゃないけどね」

「いいわ、行くわ」リンジーは笑い声をあげた。「どんなに強引な人をだんな様にしたか気がつかないなんて、ジュディもかわいそうにね」

けれど、強引だろうがそうでなかろうが、そんなことはどうでもいいらしく、ジュディは真っすぐにマルコムの腕の中にとびこんできた。リンジーは足音を忍ばせるようにそっと家に入った。しばらく二人だけにしてあげよう。

家族のだれにとってもすばらしい一晩だった。左手の薬指にエメラルドとダイヤモンドの指輪をはめたジュディの輝くような顔、マルコムもこの世の幸福を独り占めにしたように笑顔を絶やさない。マイクはこんなすてきな義兄ができたことを、早速、仲間に自慢することだろう。そして、気むずかしく何かにつけて文句の種を探している母も、今度だけは満足げに、クリスマスに決まった結婚式の話に夢中だ。

レストランから家に帰ってもお祭り気分は抜けず、リンジーもマルコムも今夜は泊まって、明日の朝早くロンドンに戻ることにした。

そして翌朝、フラットに着いたのは七時だった。昨夜はみんなが寝静まった後、ジュディといろいろおしゃべりをしたおかげで、だいぶ気が紛れていたが、いざとなると、やはり意識しないわけにはいかない。とうとうジョエルのところで働く最後の日が来てしまったのだ。丁寧にメイク・アップをし、洗いたての髪をよくブラッシングして、あっさりしたデザインの黒いドレスを着たリンジーはとてもエレガントだった。

けれど一足遅れてオフィスに入ってきたジョエルはリンジーの服装などまるで目に入らない様子で、そもそもリンジーがいるのさえ気づいていないようだ。昨夜フラットに訪ねてきたことなどきれいに忘れているらしい。

それならそれでいい。最後まで事務的にするのがいちばんんだ。ジュディとマルコムのただお互いに愛し合うだけという幸せな様子を見た後では、ジョエルへの情熱がひときわ空しいものに思えてますますやりきれなくなってくる。

もう二人きりになることはないと思っていたのに、じきにお昼というころ、食事に誘われて困ってしまった。

「あら、そんな必要ありませんわ」シャーリーの手前、リンジーは穏やかに言った。これが二人だけの時なら、ぴしゃりと断ったろう。ジョエルもそれを知っていて、わざわざシャーリーのいるところで言いだしたのかもしれない。

「でも、最後の日じゃないか。今までしてくれたことのお礼のつもりなんだ。そのくらいのことさせてくれてもいいと思うがな」

こうまで言われては、シャーリーの前でもあるし、断れない。「そうおっしゃるんでしたら……」

「いいだろう?」

「ええ、じゃ、シャーリーと一緒にごちそうになりますわ」

「あら、そんな……」

「いいじゃないの、シャリー?」

「でも……お二人だけのほうが、ジョエルだって……」

「そうでしょうか?」リンジーは挑戦するように、ジョエルを見つめた。

まなざしは雄弁に語りかけてきたが、新しい秘書の前ではさすがのジョエルもお手上げのようだ。

「いや、構わないとも。人数が多いほうが楽しいし。じゃ、リッツに席を取っておいてくれ」

「リッツですって！」ジョエルがスタジオに姿を消すや、シャーリーが興奮した様子で言った。「外からのぞいたことしかないわ。あなたは？」

「一度ね」あれは一緒に暮らすことに決め、そのお祝いをした晩だった。思い出のレストラン……だから、ジョエルはリッツを選んだのだ。

予約の電話をすると、もうサザーランドの名で静かな席が二つ取ってあったので、早速、三人分にかえてもらった。ボスと秘書のお別れの昼食とはとても思えない。よかった、シャーリーに来てもらうことにして。それにマリリンと二人で選んだプレゼントを渡されるような気もするし、第三者がいたほうがしのぎ易いだろう。

9

豪華なインテリアや行き届いたサービスにうっとりしたシャーリーは緊張した空気にまるで気づかないようだが、リンジーの神経にはぴりぴり響きっ放しだ。ジョエルは完璧なホストぶりだが、思いつめたようなまなざしが気になってならない。

シャーリーが化粧室に立った。いよいよ、覚悟しなければならないようだ。

「シャーリーに付き合わせるなんてフェアじゃないな、リンジー」

「だれにとって？」

「シャーリーにさ、決まっているじゃないか」ジョエルは両手でテーブルの上に置かれたリンジーの手を包みこんだ。慌てて引き抜こうとしたが、びくともしない。

「あら、とっても楽しそうじゃないの」

「でも、だんだん、招かれざる客だってことに気づいていくさ」

「私に言わせると招かれざる客はあなたのほうよ！」

「ゆうべ……楽しかった？」

昨夜のことを思いだしたとたん、自然と表情が和らいでいく。「ええ、とってもすてきだったわ」

「どこへ行ったんだ？」

リンジーは鋭い目をした。「なぜどこかへ行ったと思うの？」

「十一時半に電話したら、だれも出なかった」

「じゃ、出かけたんでしょうね」

「それから、十二時、十二時半、一時……！　どこにいたんだ！」

骨が砕けそうな力で握りしめられ、悲鳴をあげそうになったが、リンジーはまゆ一つ動かさずがまんした。「食事に出かけて、遅くなったから帰るには及ばないと思って」

「帰るには及ばない……？　帰れないほど遅くなるって、どこに食事に行ったんだ？」

「ケンブリッジシャーよ」

握っている手が少し緩んだ。「お母さんのところに行ったのか」

「食事がすんでからね」

「マルコムは大歓迎された？」

「ええ、心からね！」

大きく吐息をついて、ジョエルは唐突に手を放した。「そうか、じゃ、彼は全部手に入れたってわけだ。君と、それから君の家族の賛成と」

リンジーの目は怒りにぎらぎら燃え始めた。「あなたにだってチャンスはあったのに……でも、私の家族なんてどうでもよかったのよね？」

「どうしてか、今ならわかるだろう？　僕は自分の生活をめちゃめちゃにしてしまった。そんなところに、君を引きずりこんだりできるか？」

「家族に会うくらいそれほどのことじゃなかったはずよ！」

「マルコムにはそれほどのことじゃなかったんだろう？」

興奮のあまり、息をするのさえ容易ではない。なぜこんなに苦しめられなければならないのだろう？　ジョエルだって苦しまなければ不公平だ。「結婚式はクリスマスに決まったわ」

ジョエルの顔からみるみる血の気が引いていく。

「それじゃ、マルコムと結婚するのか？」

「私……」

「ねえ、化粧室もすばらしいのよ！」

浮き浮きしたシャーリーの声に会話はそこでとぎれたが、よほどショックだったのだろう。ジョエルは返事をする余裕もなさそうだ。リンジーが代わって答えた。

「そうね、ここはどこもかしこもすてき。でも、もうお食事もすんだことだし、そろそろね」もう切り上げたほうがいい。このままぐずぐずしていると、マルコムと結婚するのはジュディのほうだと話してしまいそうだ。

「そうね、遅くなったわ」

ジョエルは相変わらず口を開こうとしない。「ジョエル？」

「……ああ」夢からさめたように座り直したジョエルはウエイターに合図をすると、スーツの内ポケットに手を入れた。「もう少しで忘れるところだった。受け取ってくれ、リンジー」

目の前にさし出された薄いベルベットのリース、いよいよ恐れていた瞬間がやってきた。受け取ったリンジーの手はかすかに震えていた。

黒いベルベットのケースにおさめられているのは金のブレスレット、二十個ほどのチャームがついている。タイプライターとカメラと——チャームはどれも思い出のものばかり。ジョエルはこれを妻のマリリンと二人で選んだのだ……。

「とってもすてきだわ、ありがとうございます」ぎごちなくこわばった笑顔を浮かべたリンジーはすぐケースのふたをしめた。

「あら、つけたらいいのに」

「チャームがきちんとついているか調べてみてからね。一つでもなくしたらいやですもの」

「彫金家の作ったものだ、安心していいと思うが」

「ええ……」言いわけは通用しなかった。でも、これをつけたら手錠のような感じがするに決まっている。「でも、タイプするのに邪魔だと……」

「最後の日の午後まで働いてもらおうとは思わないね」リンジーがどうしてもつけたがらないのを知ったジョエルは声を荒らげた。

では、何をしたらいいのだ？　何もしないで、ただぼんやり座っているなんて！「でも、やりかけのことだけすましてしまいたいんです」

反対しようかというように口を開きかけたが、ジョエルは考え直したらしく肩をすくめた。「とにかく、戻ることにしよう」

「すてきなブレスレットじゃない？」スタジオに戻って二人きりになると、シャーリーはうっとりと吐息をついた。

「ええ、きれいね」でも、もう二度とふたを開けることはないだろう！「あなただって、きちんと仕事をしたら、辞める時にもらえるわよ」

「でもねえ、ピーターが不思議がるんじゃないかしら、そんな高価なものをもらうにはどんなことをした……あら！」シャーリーは真っ赤になって言葉を切った。「あの、そういうつもりじゃ……」

「いいのよ、わかっているわ」とは言ったものの、リンジーもかなり動揺していた。

「もちろん、あなたの仕事ぶりをかってのことよ、そう言うつもりだったのに……言い方が……」

「ええ、私もそうだと思うわ」

面白いしサラリーもいいこの仕事をなぜ辞めるか、シャーリーにはここのところが納得がいかないのだ。立場が逆だったら、リンジー自身、何かあるのではと首をかしげるだろう。いろいろ想像して、つい口を滑らしてしまった、というわけだ。そしてその想像は……当たっていた。

何週間も緊張して待っていた最後の別れは、まるであっけないものだった。四時にアポイントメントがあるというジョエルは足を止めようともせず、あっさりさよならを言って出ていった。

後ろ姿を見送っているうちに泣きたくなって、涙を抑えるのに苦労してしまった。そして、五時、とうとう終わった。リンジーはシャーリーに別れを告げるのもそこそこにオフィスを出た。

フラットに着いて最初にしたのは、たんすのいちばん下の引き出しを開け、セーターの奥にブレスレットのケースをしまうことだった。もう、二度と見たくない。

ケイ・アダムスのサロンは活気があった。ことに今は秋のコレクションを控えて目の回るような忙しさだ。働き始めて五週間、みんな感じの良い人ばかりだし、それに仕事も面白いのでリンジーは充実した日々を送っていた。なんといってもいちばんありがたいのは、忙しすぎてジョエルのことを思いだす暇もないことだった。

秘書といってもアシスタントも兼ねているので、残業続きでろくに友達にも会えない。だが、人に会いたい気分ではないのでちょうどいい。

　そして、いよいよ、コレクションを発表する当日となった。「後半は客席で見てね」ブロンドのケイはいくらか恰幅(かっぷく)が良すぎるくらいだが、さすがはトップデザイナー、いつ見てもエレガントとしか言いようがない。「どんな評判か聞かせて」

「あら、好評に決まっていますわ」作品はどれもすばらしく、わずかでも自分も力を貸したのだと思うと誇らしくてならない。リンジーは弾んだ笑い声をあげた。

「でも、聞きたいのよ。正面にあなたの席を取ってあるから行ってらっしゃい」

　新聞や雑誌でおなじみの顔も見えるし、有名な女優も何人か来ている。そして実際はそうでもないのに、さも〝何様〟のような顔をしたエレガントな女性たち、会場はどちらを向いても華やかな装いの人々でいっぱいだ。

「すてきだわねえ」

「まあ、カリー！」興奮した声に振り返ったリンジーは懐かしそうににっこりした。「何週間ぶりかしら」

「いいえ、何カ月ぶりよ。私を避けていたの知っているんだから」

　そういえば、ここ二週間ほどの間、二、三回、食事に誘われたが、いつも断ってばかりいた。リンジーは間が悪そうにほおを染めた。「とっても忙しかったのよ」

「そうでしょうね。あなたがここで働いているってこと、ジョエルから聞いたの。お仕事、どう？」

「わかるでしょ、どうだか？」リンジーはにやっとした。ジョエルのことは忘れなければ。せっかくの楽しさが台なしになってしまう。

「まあ、その顔を見ればね。ケイって才能があるんだわねえ」

「それに、一緒に仕事をして楽しいの」

「ジョエルよりも？」

なんの気なしに言っているのだろうが……。ふっと顔を曇らしたリンジーは、それでもすぐに気を取り直した。「ええ、ずっとね。ところでどう思う、本当のところを聞かせてくれない？」

すんなり話題を変えるのに成功。それからひとしきりコレクションの話をして、辺りの人々の感嘆の声に満足したリンジーは、いそいそとケイのところに大成功の報告をしに戻っていった。

いたるところ新聞社のカメラマンでいっぱい、これでは当分、後片づけどころではなさそうだ。「うっとうしいわね、全く」楽屋にまで入ってくるカメラマンにケイはまゆを寄せた。

「でも、皆さん、プロですわ」

「プロってだけじゃだめ、専門家でないとね。まあ雑誌の写真はジョエルに頼んだからいいようなものの。あの人だけよ、安心してまかせられるのは」

「ジョエル？」脱ぎ散らかされたくつの片割れを捜していたリンジーはふっと手を止めた。

「ええ、あなたの前のボス。さあ、モデルたちの救出にのり出さなくては。それからバイヤーたちと遅い夕食よ」リンジーがぼうっとしているのにも気づかず、ケイは続けた。「やれやれ、今夜は夜通し商談ってことになりそうだわね。明日もう一日ショーがあるっていうのに」

その日使ったアクセサリーや小物を点検し、翌日の支度をして、フラットに戻ったのは真夜中に近かった。疲れきってベッドに横になると、案の定、ジョエルのことが浮かんできたが、そう心配するには及ぶまい。私はただのアシスタントなのだから、せいぜい人々の間からちらっと顔を見るくらいだろう。

翌日も前日同様、楽屋は戦争騒ぎだった。朝方までバイヤーと商談していたというのに、疲れも見せないケイのタフさには舌を巻いてしまった。

「だって仕方ないわよ、作品に買い手がつかなかったらお手上げですもの。あら、いやな人が来た!」

うんざりした顔のケイの視線を追っていくと……マリリン・サザーランド。銀狐(ぎんぎつね)のコートを着るほどの寒さではないと思うが、その銀色が黒い髪をひときわ引き立て、相変わらずのあでやかさだ。

「ケイ! それに、リンジーも」高慢そうなグリーンの目が二人を交互に見比べた。「お元気そうじゃない?」その反対だったらよかったといわんばかりの口調だ。

「あなたもね」リンジーは当たり障りなく答えた。

「よかったじゃないの、大成功で、ダーリン」

「ええ、そうよ」年上のケイにもう少し違う言い方はできないものだろうか、とはらはらしていたが、ケイのほうもけろりどしたものだ。「悪いけど、私たち……」

「どうぞ、どうぞ。私、リンジーにこんにちは、を言おうと思っただけなの。黙って通りすぎたりしたらジョエルに怒られちゃうもの」

こんなふうにわざとジョエルの名を出して、ちくちく苦しめようとしているのだ。青ざめて黙ってしまったリンジーを見て、ケイが助け船を出してくれた。「それじゃ、もういいでしょ、すんだから。私たち、忙しいの、わかってくださると思うけど?」

「ええ、もちろん」如才なく笑顔は浮かべているが、グリーンの目はもう笑ってはいなかった。「お会いできてよかったわ。リンジー、ジョエルに言っておくわね、新しい仕事がとっても気に入っているようだったって」

「おお、いやだ、あの人を見ると、真っ黒な蜘蛛(くも)を思いだすわ」後ろ姿を見送りながらケイはまゆを寄せて声をひそめた。「男をおびき寄せて何もかも吸い取って、後はぽんとほうりだす、そういう人よ」

マリリンがいなくなったとたん、ふっと力が抜け、リンジーも思わず吐息をついた。「ミルズさんのこと、お好きじゃないようですね？」

「がまんできないわね。一時使っていたんだけど、生意気なことに私に命令しようとしたのよ！」

露骨なしかめっ面にリンジーはくすっと笑った。みかけは人好きが良く、気安い感じだが、自信はあるし、意志は強いし、失礼なことをされて黙っているケイではない。

マリリンの出現でペースを乱されたが、次から次へとこまごました仕事に追い回されているうちに一日はすぎていった。

翌朝、いく組ものバイヤーの応対にてんてこまいしているところへジョエルが入ってきた。

「やあ、リンジー」デスクのそばで足を止めたジョエルは暗い目でリンジーをじっと見つめた。

妻と和解したのに幸せではないのだろうか？ 五週間見ない間に、健康な日やけは消え、かなりやせてしまったようで、スーツが一回り大きく見える。ほおがすっかりこけて……昨日のケイの言葉が浮かんでくる。〝男をおびき寄せて何もかも吸い取って、後はぽんとほうりだす〟今のジョエルの様子はこの言葉を絵にかいたようではないか！

「こんにちは、ジョエル」リンジーはクールに答えた。元気そうには見えないから、元気なのか尋ねるのはそらぞらしいし、会えてもちっともうれしくないのに、会えてうれしい、と言う気にもなれない。

同じように思ったのだろうか、ジョエルもお定まりの挨拶をしようとはしなかった。「ケイのところ、どうだい？ 気に入った？」

「ええ、とっても」

ジョエルは、そうだろう、というようにうなずいた。「忙しかったんだろう？」

「ええ」なんともぎごちない会話、いつまで続けられるだろう?

「結婚式の準備は順調かい?」

「ええ」びくっとして、ますます表情がこわばってしまった。

ジョエルは重いため息をついた。「招待状、忘れないでくれよ」

「私……」

「もちろん、断りの返事を出すためだけどね」

「もちろんよね」少し余裕を取り戻したリンジーは皮肉まじりに繰り返した。「ケイに言ってくるわ」

「いや、ここのことなら君以上に知っているんだ、一人でできるよ」

それから午後いっぱいかかって、ジョエルとケイはコレクションの撮影の打ち合わせをした。時たま呼ばれることはあったが、幸い、ジョエルと直接話をする機会はほとんどなかった。

八時半、残った仕事を片づけようとしていると、疲れた様子でケイが入ってきた。「あら、もうとっくに帰ったと思っていたのに」

疲れているのはリンジーも同じだが、ああしてジョエルに会ってしまった以上、一人になれば、いくら追い払おうとしても彼の面影につきまとわれるに決まっている。今夜は家に帰りたくなかった。「ちょうど片づいたところですわ」

ケイは壁の一方を占領している真紅の革張りのソファーに長々と横になった。「こんなに献身的に働いてくれるとは思わなかったわ」

「というと……?」

「実はね、来てもらうことにはしたけど、果たしてそれでよかったのかしらってずいぶん気をもんだのよ。推薦状はすばらしかったけど、なにしろ書いたのはジョエルでしょう……」

リンジーははっとして座り直した。「それで?」

「時々、手に負えないこともあるけど、気が向くとおよそ似つかわしくないことするのよ、あの人。私が秘書に辞められて困っているって言ったら、早速あなたの名前を出したわ。こういうペースの速い仕事でしょう、ちょっと心配だったけど、ジョエルとは長い付き合いだしね、あなたに会ってみようって気になったの。でも、本当によかった、めったにいない有能な秘書ですものね、あなた」

「あの……私のことをちゃんとした秘書ではないと……？」

ケイは肩をすくめた。「飽きた女性は次々にお払い箱にする、これがジョエルの流儀なんだけど、その女性が自分の秘書となると、あっさりとはいかないじゃない？　でもあなたに会って、このケースは違うってぴんときたわ。となると……秘書としての腕が気になったわけよ。だけど取り越し苦労だった。お世辞抜きであなたは今までに会った中でいちばん良い秘書よ。なんだってジョエルはあなたのような人を辞めさせたりしたのかしらね？」

「私のほうから辞めたいって言いだしたんです」

「そうだったの」ケイはなるほどね、というように何度もうなずいた。「ジョエルが手に負えなくなったのね？　だけどジョエルみたいな人をはねつけるなんてあなたが最初じゃないかしら？」

「そうかもしれませんわね。あの……もう、失礼してもいいでしょうか？」

「もちろんよ、私もじきに帰るわ、このソファーから起き上がれる力があったらね」

どうにも腹の虫がおさまらない。フラットに向かっていたリンジーは途中できびすを返した。ジョエルに会ってこよう。ポール・ロバーズのところであんないやな思いをしたのを知っているのに、またこりもせず……。彼が口を出せば妙な誤解を招くということがわからなかったのだろうか？　それに何よりもいやなのは、ジョエルのおかげで今のポストを手に入れたということ、これでは彼に負いめがあるのも同じだ。

もしかしたらマリリンと一緒かもしれないが、今はそれすらどちらでもいい。ベルを押すとメイベリーが出てきた。もうすぐ、六十歳というメイベリーは長身で堂々としていて、ここに越してきたばかりのころはなんとなく威圧されたものだ。だが、慣れるにつれて温かい人柄がわかってくると、いつの間にかすっかり仲良くなっていた。

「これはこれはリンジーさん、よくいらっしゃいました」

「こんばんは、メイベリー、久しぶりね」リンジーは懐かしそうにほほ笑みかけた。「サザーランドさん、いらっしゃる？」

「いらっしゃいますが……」

「ああ、奥様もご一緒なのね？」

「いえ、そうでは……」

「だったら、お願い、私が来ているって言ってきてくださる？」この人にはなんの罪もないのだから、せっかちにとげとげしくしないこと。本当に、メイベリーもあの気むずかしいジョエルとよくやっていけるものだ。もっとも、この二人はどこかで気が合っているらしいが。

「わかりました。ですが、すぐというわけには……実は、今、お風呂に入っていらっしゃるので……」

「そうだったの、じゃ、いいわ、行ってみるから」

こんな具合になるとは思いもよらなかったらしく、メイベリーは目を白黒させた。「では、どうぞ」

「ありがとう」つい何カ月か前までジョエルと分かち合っていた寝室をとおって続きの浴室に向かうリンジーの笑顔はいつの間にか凍りついていた。

埋めこみ式の丸い浴槽に長々と手足を伸ばしていたジョエルは前触れもなく入ってきたリンジーに目を丸くした。浴槽の縁にグラスが置いてある。お風呂に入りながらウイスキーを飲むなんて、今までにはなかったことだ。

「これは……びっくりするな……」

「そう？　何しに来たか、じきにわかるわよ！」

リンジーの剣幕にジョエルはまゆを寄せた。「何かうまくいかないことでもあるのかい？」

「うまくいかないこと？　ええ、もちろん、でなければ、こんなところに来るはずないでしょ！」

「じゃ、やっぱり妊娠……」

「ち、が、い、ま、す！　あのね、私、怒っているの、ものすごく、手に負えないくらい」

「そうらしいな」

「でも、なぜだかはわからないようね？　教えてあげるわ、ついさっきケイに聞いたの、紹介所をとおして正規に採用されたと思っていたのに、友達のジョエルに頼まれて私に決めたんですって！」

「それは……」

「わからないのは、どうやって紹介所まで巻きこんだのかってこと」

ジョエルは肩をすくめた。「どこの紹介所を使うか知っていたからね。君から電話がいったら、ケイのところを紹介してくれって頼んでおいたのさ」

「そうだったの。そのくらいのこと気がつかなかったなんて！　でも、ポール・ロバーズでもうこりごりしているって思わなかったの、あなた？」

「ケイは君の仕事ぶりに満足……」

「そんなことを言っているんじゃないの、わかっているくせに」リンジーは悔しそうに吐息をついた。

「あなたのたっての願いだったから、私に決めたってケイは言っていたわ。ねえ、なぜこんなことをしたの？」

「仕事を見つけるっていったって、なかなかあるものじゃないし、特に面白い職種なんてめったにないからね」

「有力な元恋人がいない場合は、よね？」

あざけるような声に、ジョエルのほおに血が上ってきた。「僕のせいで辞めなきゃならなくなったんだ、せめてできることはしたいと思ったのさ。それがそんなに悪かったのか？」

「ええ！」

「でも、僕にできることといったら、あれしかなかったんだ！　そうだろ、代わりの恋人は自分でさっさと見つけたし」

「まあ、なんてことを……！」夢中でウイスキーのグラスに手を伸ばし、気がついた時は、ジョエルの頭にざあっと浴びせかけていた。

10

髪の毛を伝って額からほおへと滴り落ちていくしずくを、してやったというように見つめていると……次の瞬間、いきなり足首を引っ張られ、リンジーはバランスを失って浴槽の中に落とされていた。

無我夢中でばたばたして、やっと水面に顔を出すと、すぐ目の前にジョエルの顔があった。

「どうだい、少しは頭が冷えたか？」

興奮していたうえにお湯の中で息ができなかったリンジーは、苦しそうに肩をあえがせた。衝動的に手を振り上げたが、ぬれた服が邪魔をしてそばの顔をぴしゃりとやることもできない。

「なるほど、まだだめらしいな」むなしく空を切る手を楽々とつかむとジョエルはそのまま後ろ手に押さえこんだ。「別の方法で落ち着かせなきゃだめかな？」

別の方法……何を言っているのかわかったリンジーは急いでもがくのをやめた。「ここから出たいわ」

「ぜひ、そうしてもらおう」ジョエルは手を放した。「ここは話をするところじゃないものな。さあ、先に行って。僕はシャワーを浴びてウイスキーを落とすから、その間に君はぬれた服を脱いで、僕のガウンを着ているといい。居間で待っていてくれ、二、三分で行く」

言い返してやりたいところだが、ジョエルの言ったことは理屈に合っている。おとなしくガウンに着替えて、乾かしてもらおうとぬれた服を渡した時のメイベリーの顔といったら！「あの……足を滑らして、浴槽に落ちたの……」

メイベリーはすぐまたいつものポーカーフェイスに戻ったが、おかしそうにきらめかした目は、何が起こったかちゃんと知っている、と語っていた。

今まで何度も着たことのあるジョエルのガウンを着て、長すぎるそで口をまくっていると、淡いレモン色のシャツと黒いスラックスのジョエルが入ってきた。昼間のスーツと同じに全体がどことなくだぶついた感じだ。

「ずいぶんやせたみたいね」考えるより先に言葉が出てしまった。黒いまゆがつり上がるのを見て、リンジーはほおを染めた。「働きすぎなのよ、きっと」

「そうでもない、いつもと同じだ。何か飲む？」

「いいえ、どうも」ウイスキーをついでいる。また飲むつもりなのだ。「ねえ、飲みすぎるんじゃない？」

「ああ」と言いながら、ジョエルはグラスを一息でほした。

「ジョエル……」

「ストップ、君に心配してもらうのはごめんだ。で、どうなんだい」急に声が滑らかになった。「幸せ？」

「まあ……今日まではね」

「ところが、僕のおかげでケイのところの仕事に就けたと知ったとたんに、めちゃめちゃか？」

「あなたに借りがあるのはいやなのよ、たとえ仕事でも」

「なぜこだわるんだ？　どうせマルコムと結婚したら辞めるんだろう？」

「私……」言いかけてリンジーは慌てて口を閉じた。危いところ、もう少しで本当のことを言いそうになってしまった。「まだ、結婚していないもの」

「……まだ、迷っているのかい？」

「言ったとおりよ、結婚していないの、私。だから仕事は大事なのよ」

「さっきの質問にちゃんと答えてくれないか？」ジョエルはゆっくり続けた。「幸せなのかい？」

「あなたは？」

ジョエルは再びなみなみとついだグラスに目を落とした。「そうじゃないとはっきりわかるだろう？」

「マリリンとの生活、期待どおりじゃなかったってこと？」

「マリリン？」

あんなふうにまゆをひそめてわからないふりをするなんて。リンジーはあざけるように言った。「まさか忘れたりしないでしょ、マリリンを？」

「マリリンのことは決して忘れられやしないさ。でも、彼女は疫病神だ」

「だったら、なぜ呼び戻したりしたのよ？」

「リンジー……」

メイベリーの遠慮がちなせき払いに、二人は同時に振り返った。「サザーランド夫人です。今、都合が悪いと申したのですが、どうしてもと……」

ジョエルはいらだたしげに顔をしかめた。「ちょっと引き止めて、それからとおしてくれ」メイベリーが背を向けるのを待って、彼は再びリンジーの方を向いた。「どういう意味だ、〝呼び戻す〟って？」

「あの人、仲直りしたって言ったわ。そんなことわざわざきかなくてもわかっていたのに」

「いったいマリリンはなんて言ったんだ？」

「とぼけないでよ！　もう何週間も前に言ったじゃないの」

「マリリンとデヴィッドのことだろう？」

「デヴィッド？　だれ、その人？」

「ジョエル、外で待たされるのはごめんよ、その辺の人と一緒にされちゃたまら……まあ、こういうことだったの、どうりでメイベリーったらぐずぐずして……」ジョエルのガウンを着ているリンジーを見てマリリンは目を細めた。なんともひどいことになってしまった……。「あなたもたいした心臓だこと、あんなことを聞いた後でよくまあ、ここにのりこんでくる気になったものだわ」

「リンジーになんて言ったんだい、聞かせてくれ」ジョエルの声は気味が悪いほど穏やかだった。

「まあ、この人から聞いたんじゃないの？」

「君が来た時、ちょうど言いかけていたんだ」

「ずいぶんしんぼう強いのね、リンジー」マリリンは鼻先でせせら笑った。「私があなただったら、もう何週間も前にどなりこんで真実を突き止めていたでしょうにね」

「ありがたいことに、リンジーは君とは違うんだよ！」ジョエルが吐きだすように言った。

「まあ……本物の女性よりこの気取ったおばかさんのほうがいいっていうの？　あなた正気？」

なんて言い草だろう。話についていけず、ぽかんとしていたリンジーはさっと青ざめた。〝気取ったおばかさん〟だろうがなかろうが、侮辱されたことくらいわかる。「私が〝本物の女性〟かどうかはジヨエルが知っているわ」

一瞬、ジョエルの目が温かく輝いた。「昔のことをどんなふうに話したんだ？　デヴィッドのことも言ったのか？」

「デヴィッド？」さっきも聞いたばかり、だれなのだろう？　七年前、別れたのはこのデヴィッドのせいなのだろうか？

「弟だ」

「それから、私の夫よ」

リンジーは目をみはった。「じゃ、あなたのご主人はジョエルの弟さん……？　でも、あなた……」

「なんて言ったんだい？」

「なぜ……なぜ、あんなうそをついたの？」

「それより、なぜあっさり信じたのかしらね、リンジー？　それに、うそなんかついちゃいないわ」マリリンはけろりとして肩をすくめた。「私の名字は七年前、確かにサザーランドになったし、デヴィッドと離婚もしていないもの」

「そんな暇なかったものな」

ぴしっと言われて、マリリンはジョエルをにらみつけた。「薬を飲ませたのは私じゃないわよ！」

「いや、僕たち二人がデヴィッドを袋小路に追いこんだんだ！」

「袋小路？　よしてよ、その気になればいつだって抜け道くらい見つかるわ。あの人には自分の求めるものを手に入れるために闘うだけの強さがなかったのよ」

「君のことか？」ジョエルは軽蔑を隠そうともしない。

「ええ、そうよ！」

「君のおなかに別の男の子供がいるって言われて、どう闘いようがある！」

敵同士のように憎しみに目をぎらぎらさせてにらみ合っているジョエルとマリリン、リンジーはかた

ずをのんで二人を見つめていた。では、マリリンは
ジョエルの妻ではなかったのだ。それにもかかわら
ず、これほど憎み合っているなんて、何があったの
だろう？
「あなたの子よ」リンジーが息をのむ音が聞こえた
とみえ、マリリンはさげすむような目を向けた。
「やっと清らかな魂もショックを受けたようね？
でも、大丈夫、そうじゃなかったんだから」
「なんだって？」
マリリンは挑戦するようにジョエルを見すえた。
「あなたの子じゃなかったって言ったの」
「だが……」
「九週間っていったけど、本当は六週間だったの
よ」
紙のように蒼白になったジョエルはへたへたと椅
子に座りこんだ。「うそを……ついたわけか」
「そうよ」
「なぜ？」
「何をやってもあなたにはかなわないってデヴィッ
ドに聞かされるのに飽き飽きしていたからよ！」マ
リリンは金切り声で叫んだ。「あの人はいつもあな
たの陰になっていた。才能のある兄と何もない弟。
私は弟のデヴィッドと結婚したんだわ」
「式が目の前っていう時になって僕を誘惑した後で
な！」
「誘惑？　そんな手間はかけなかったと思うけ
ど？」
「そうかもしれない。でも……弟と結婚するとは言
っていなかったじゃないか！」
マリリンは陰気な笑い声をあげた。「プロポーズ
されていなかったもの」
「なぜデヴィッドに僕の子だなんてうそを言った？
どういうことになるかわからなかったのか？」
「しゃんとしてほしかったのよ。あなただって欠点

だらけのただの人間だってことをわからせたかった。父親はだれだって……」感情的な震え声が割れてマリリンはくしゃくしゃに顔をゆがめた。「だからあでも、あの人はそうする代わりに自分を責めたわ。の人のききたがっていたことを言ってやったのよ。私を充分幸せにすることができないって。遺書、読んだでしょ!」でも……まさか自殺するなんて! あの後、本当の
ジョエルはふらふらっと立ち上がった。「君のせいで……僕がデヴィッドを死なせたようなものだとことを言おうとしたのに。でもチャンスをくれなかった……」
ばかり思っていた。七年もの間だ。それだけじゃない、君は父や母にまでそう信じこませたんだ」マリリンの真情にうたれ、今までの怒りも忘れたらしく、ジョエルは一歩近づいて慰めたいというように両手をさしのべた。
「本当に愛していたたった一人の人を失ったのよ、私。あなただけ幸せにするわけにいく?」「ええ、デヴィ「哀れみ? ごめんだわ! 知らないの? 私、こマリリンは憎々しげに言葉をたたきつけた。こにいるあなたのガールフレンドとの間をめちゃめッドを愛していたわ、自分でも信じられないくらいちゃにしようとしたのよ。もっとも……どうやら、ね。あの人、自分のことをあなたの影法師みたいにまた失敗だったらしいけど」思っていたかもしれない、でも私にとってはすべて「マリリン、私……」だったわ。デヴィッドは忘れられなかったのよ、自「どういうことだ、リンジーと僕の間をめちゃめち分より先にあなたが私を……。赤ちゃんのこと打ちゃにしようとしたって?」リンジーがすっかり身に明けた時だって、喜んでくれると思っていたのに、つまされて慰めかけたところをジョエルが荒々しく

さえぎった。「いったい何をしたんだ？」

「でもね、全部私のせいにしようったってそうはいかないわよ。初めっから私たちの間に何かあるように思わせたのはあなたじゃない？　私はそれにちょっとばかり尾ひれをつけただけ」

「どうやって？」

「私たちがデートしているふりをしたりね」マリリンは肩をすくめた。「百パーセントうまくいったわ。でも、いちばん効いたのは、七年前に〝私たちが〟結婚したんだって信じこませたことでしょうね」

ジョエルは苦しそうな目をゆっくりこちらに向けた。「頭痛で早退した日に聞いたことって……これだったんだね？」

「ええ」すっかり誤解していたとは。リンジーはかさかさの唇を舌で湿した。

「なんてことを！　なぜこんなことをしたんだ！」

「あなただけ幸せになられちゃ困るからよ！」

「もう充分苦しんだとは思わないか？　この七年間、ずっと自分を責め続けてきたんだ、僕には愛している女性と幸せになる資格なんかないって……そう、思っていたんだよ」

では、このことが原因でジョエルは愛情に顔をそむけてきたのだろうか？　そう考えてもいいのだろうか？

「私は苦しまなかったっていうの？　あなたのほうはいいじゃない、私がちょっかい出したのは失敗、またこの人と元どおりになれるんだから？　あなたたち、幸せになれるわ。リンジーには相手を末永く幸せにするだけのものが全部備わっているもの。じゃあね、私、行くわ」

「マリリン……」

「そばに来ないでよ、ジョエル」マリリンは食いしばった歯の間から低く言った。「二十年もたったら普通の人間同士みたいな付き合い方ができるようになるかもしれないけど……それまでは会わないでいるほうがいいのよ、私たち」

マリリンが出ていった後、辺りは水をうったように静まり返った。ショックのあまり、言葉を失ってしまったようなジョエル。慰めようにも何をどう言ったらいいのかわからない。一人の人間が死んで、何人もの人々が不幸になった——いや、とても言葉で慰められるようなものではない。

「ブランデーは？」

「それより、一人になりたいでしょう？」

「いや、行かないでくれ」ジョエルは二つのグラスと満たすと、一つをさし出した。「全部わかったかい？」

「いくらかはね」

「そう。じゃ、残りも聞いてくれ」

「無理に話してくれなくていいのよ」

ジョエルの目が暗く陰っていく。「マリリンに言ったことを聞いただろう？　だれかを愛して幸せになる、僕にはそんな資格はないと思っていた。弟の幸せをぶち壊したとしたら当然だものな。ところが君を愛してしまった、自分で自分に課した規律を破ってね。もう手遅れなのはわかっているよ、いまさらこんなこと言ったって……」

「手遅れって？」

「だって、マルコムと結婚するんじゃないか」

「マルコムの相手はジュディなの」

「君の……姉さん？」

「一目ぼれっていうんでしょうね、きっと。マルコムのことは、もう、ずっと義理の兄みたいな気がしているわ」

「それなら、なぜ……」ジョエルは重いため息をついた。「そうだな、やきもちをやいて、説明するチャンスも与えなかったのは僕だったものな」

「やきもち……って言ったの？」

「リンジー、愛しているよ。君のほうは？　君の気持、聞かせてくれないか？」

「今までと同じよ」

「えっ？」

リンジーはかすかにほほ笑んだ。「女性が一緒に暮らすのをオーケイしたってことは——ことに私みたいに経験のない女性の場合はね、愛されていると思っていいのよ」

ジョエルの目が深々とした黄金色に変わった。

「じゃ、君は……」

「ええ、そうよ、あの時も今も」

「でも、まだ結婚してくれって言うわけには……」

「言って、ジョエル」

「だめだ、デヴィッドとマリリンとのことを残らず聞いてもらうまでは」

「どうせ答えは同じよ」

「いや、そうじゃないかもしれない。マリリンの言ったことで少しは罪が軽くなるかもしれないけど、やっぱり無実とはいえないんだよ」

一歩近づいたリンジーはジョエルの腰を抱いて胸に頭をもたせかけた。「愛しているわ、ジョエル」決して口にしてはいけないこと、と思っていたのに……これからはいくらでも言えるのだ！「今までにどんなことをしていても構わないの」

「ここ何カ月かさんざんいやな思いをさせてしまって……なんと言っていいかわからない。でも、僕だって苦しんだんだ。アメリカから戻って、君が出ていったのを知った時は、思いきり殴りつけられたような気がしたけど、まだ、こんなに愛していることには気づいていなかった。わかったのは……マルコムが現れた時だ。あの気持、さすがに嫉妬だと認めないわけにはいかなかったよ。彼が来ているんじゃないかと気になって、何度も君のフラットの辺りを見に行ったものだ。スパイを始めたわけさ。いちばん困ったのは、どうしても君から離れていられないことだった。君のところに押しかけていって、無理やりに……」

「そんな、無理やりだなんて……」

「でも、誘惑しようとしたもの」

「私もそうしてほしいと思っていたのよ」

「だけど、翌朝になったら、その話をするのさえいやがったじゃないか」

「あなたが、あれは間違いだったって言うんじゃないかと思って怖かったから。それに、マリリンが現れて、何がなんだかわからなくなっちゃったの。あなた、幽霊でも見たみたいだったわ」

「そのとおり、過去の幽霊さ。でも、君と新しく始めるためにはどうしても一度、立ち向かわなきゃならなかったんだ。あの時、忘れ物だって言って戻ったろう、本当は忘れ物なんてなかった、君に何もかも話してしまおうと思ったんだよ。でも、マルコムがいた。それに、前の晩の電話も彼からだって知って……もう手遅れだと思ってしまった」

「絶対にそんなことないのよ、手遅れだなんて。それより、弟さんのこと聞かせて？」

抱いていた腕を放したジョエルは苦しげに吐息をついた。「五つ年下なんだ。あいつは子供のころから僕のことをだれよりもすばらしい兄貴だと思っていたよ。でも、僕だってデヴィッドを愛していたんだ。仕事が順調にいくようになって、デヴィッドをアシスタントにした。あいつが死んでからは……ずっと一人でやってきた……」

そういえば、アシスタントがいればずいぶん楽だろうに、と何度も思ったことがあった。

「そこに、グリーンの目の魔女が現れたんだ。モデルとしても女性としても、すっかり夢中になってね――彼女のほうもそうらしかった。それからじき僕たちは恋人同士になった。あの時、デヴィッドがマリリンを愛していることに気がつきさえすれば……でも、気がつかなかった。あの時点ではマリリンも気づいてはいなかっただろう。デヴィッドのやつ、一言も言わなかったんだ、マリリンと終わってからも」

「なぜ終わったの？」

「そうだな、肉体的に引かれていただけだからじゃないかな」ジョエルは肩をすくめた。「それからマリリンはデヴィッドとデートし始めた。あの二人が結婚するなんて夢にも思わなかったよ。役所に届けを出してから、初めて聞かされたんだ。最後の一夜を僕とすごして、それから一週間後にデヴィッドと結婚……びっくりしたなんてものじゃなかった。それでも心からお祝いを言ったよ。でも、デヴィッドは白い目で見たっけ。あいつはすっかり変わってしまった。陰気にむっつり黙りこんで……もう、終わっていたのに僕とマリリンのことに嫉妬していたんだ。僕は待つことにした、時がたてば元どおりの仲の良い兄弟になれるだろうってね。そうしているうちに、マリリンが妊娠を打ち明けたんだ。その時に、なぜあんなとんでもないうそをついたかは、さっき聞いたとおりだ」黄金色の目が激しい感情に重苦しく陰っていく。「僕たちは妊娠九週間目だっていうマリリンの言葉を信じたよ。デヴィッドに僕の子かってきかれて……そういう可能性だってあるんだもの、うそはつけなかった。その後であいつは……薬を飲んだんだ」

「それで、遺書にはなんて？」

「自分は邪魔になるだけだ、マリリンと幸せになってくれって。マリリンは流産し、両親は僕を勘当した」

「まあ、まさか！」

「仕方がないよ、弟を殺したも同然だもの」

「そんなことないわ、あなたのせいじゃないのに！」

「でも、やっぱり潔白とはいえない。マリリンと関係しなかったら何も起こらずにすんだんだ」

「だけど、弟さんのコンプレックスはどうしようもなかったでしょう？　自殺を考えるような人は何かしら引き金になるものを見つけてしまうんじゃないかしら？」

「そうかもしれない。でも……やっぱりね。父も母も許してくれようとはしないし」

「あなたから何か働きかけてみた？」

「えっ？」ジョエルは戸惑った顔をした。

「深い痛手をいやすには両方で努力しなければ。あなたがけんか腰じゃ、ご両親だってきっかけが作れないじゃないの。いえ、本当にそうなのかは知らないけど」リンジーはジョエルのほおにそっと指先を触れた。「でも、そういうこともあると思って」

「そうだな」ジョエルは何か思い当たったというようにゆっくり言った。「将来の義理の娘を紹介すれば、氷も解けるかもしれない。どうだい？」

「ええ、きっとね」リンジーはまぶしいほどの笑顔で見上げた。「言ったとおりだったでしょ、私の答えは変わらないわ」

「そうだね」ジョエルもつられて晴れ晴れと笑った。「明日は君の家に行って、僕も家族の一員にふさわしいってことを納得してもらわなくては」

「お嫁さんのほうは？」

「今すぐ、納得してもらうようにし始めるよ」ジョエルはリンジーを抱いた腕に力をこめた。

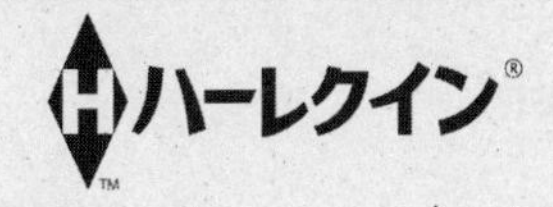

ハーレクイン・ロマンス　1986 年 5 月刊（R-460）

嵐のように
2024 年 6 月 20 日発行

著　　者	キャロル・モーティマー
訳　　者	中原もえ（なかはら　もえ）
発 行 人	鈴木幸辰
発 行 所	株式会社ハーパーコリンズ・ジャパン 東京都千代田区大手町 1-5-1 電話 04-2951-2000（注文） 0570-008091（読者サービス係）
印刷・製本	大日本印刷株式会社 東京都新宿区市谷加賀町 1-1-1

ISBN978-4-596-63508-2 C0297

ハーレクイン・シリーズ 6月20日刊 発売中

ハーレクイン・ロマンス

愛の激しさを知る

書名	著者／訳者	番号
乙女が宿した日陰の天使	マヤ・ブレイク／松島なお子 訳	R-3881
愛されぬ妹の生涯一度の愛《純潔のシンデレラ》	タラ・パミー／上田なつき 訳	R-3882
置き去りにされた花嫁《伝説の名作選》	サラ・モーガン／朝戸まり 訳	R-3883
嵐のように《伝説の名作選》	キャロル・モーティマー／中原もえ 訳	R-3884

ハーレクイン・イマージュ

ピュアな思いに満たされる

書名	著者／訳者	番号
ロイヤル・ベビーは突然に	ケイト・ハーディ／加納亜依 訳	I-2807
ストーリー・プリンセス《至福の名作選》	レベッカ・ウインターズ／鴨井なぎ 訳	I-2808

ハーレクイン・マスターピース

世界に愛された作家たち
～永久不滅の銘作コレクション～

書名	著者／訳者	番号
不機嫌な教授《ベティ・ニールズ・コレクション》	ベティ・ニールズ／神鳥奈穂子 訳	MP-96

ハーレクイン・プレゼンツ作家シリーズ別冊

魅惑のテーマが光る
極上セレクション

書名	著者／訳者	番号
三人のメリークリスマス	エマ・ダーシー／吉田洋子 訳	PB-387

ハーレクイン・スペシャル・アンソロジー

小さな愛のドラマを花束にして…

書名	著者／訳者	番号
日陰の花が恋をして《スター作家傑作選》	シャロン・サラ 他／谷原めぐみ 他 訳	HPA-59

文庫サイズ作品のご案内

◆ハーレクイン文庫・・・・・・・・・・・・・・毎月1日刊行
◆ハーレクインSP文庫・・・・・・・・・・・毎月15日刊行
◆mirabooks・・・・・・・・・・・・・・・・・毎月15日刊行

※文庫コーナーでお求めください。

6月28日発売

ハーレクイン・シリーズ 7月5日刊

ハーレクイン・ロマンス

愛の激しさを知る

秘書は秘密の代理母	ダニー・コリンズ／岬　一花 訳	R-3885
無垢な義妹の花婿探し 《純潔のシンデレラ》	ロレイン・ホール／悠木美桜 訳	R-3886
あなたの記憶 《伝説の名作選》	リアン・バンクス／寺尾なつ子 訳	R-3887
愛は喧嘩の後で 《伝説の名作選》	ヘレン・ビアンチン／平江まゆみ 訳	R-3888

ハーレクイン・イマージュ

ピュアな思いに満たされる

捨てられた聖母と秘密の子	トレイシー・ダグラス／仁嶋いずる 訳	I-2809
言葉はいらない 《至福の名作選》	エマ・ゴールドリック／橘高弓枝 訳	I-2810

ハーレクイン・マスターピース

世界に愛された作家たち
～永久不滅の銘作コレクション～

あなただけを愛してた 《特選ペニー・ジョーダン》	ペニー・ジョーダン／高木晶子 訳	MP-97

ハーレクイン・ヒストリカル・スペシャル

華やかなりし時代へ誘う

男爵と売れ残りの花嫁	ジュリア・ジャスティス／高山　恵 訳	PHS-330
マリアの決断	マーゴ・マグワイア／すなみ　翔 訳	PHS-331

ハーレクイン・プレゼンツ作家シリーズ別冊

魅惑のテーマが光る
極上セレクション

蔑まれた純情	ダイアナ・パーマー／柳　まゆこ 訳	PB-388

※予告なく発売日・刊行タイトルが変更になる場合がございます。ご了承ください。